씨 유 어게인

씨 유 어게인

1판 1쇄 인쇄 2024. 5. 17.
1판 1쇄 발행 2024. 5. 27.

지은이 서연주

발행인 박강휘
편집 김민경 디자인 조은아 마케팅 김새로미 홍보 반재서
발행처 김영사
등록 1979년 5월 17일(제406-2003-036호)
주소 경기도 파주시 문발로 197(문발동) 우편번호 10881
전화 마케팅부 031)955-3100, 편집부 031)955-3200 | 팩스 031)955-3111

값은 뒤표지에 있습니다.
ISBN 978-89-349-4609-0 03810

홈페이지 www.gimmyoung.com   블로그 blog.naver.com/gybook
인스타그램 instagram.com/gimmyoung   이메일 bestbook@gimmyoung.com

좋은 독자가 좋은 책을 만듭니다.
김영사는 독자 여러분의 의견에 항상 귀 기울이고 있습니다.

씨 유 어게인

SEE YOU AGAIN

서연주 지음

김영사

나는 대학병원 소화기내과
의사였다.

그리고
2022년 11월 6일, 한쪽 눈을 잃었다.

• 목차 •

2022년 11월 6일 일요일. 강원도 인근의 외승 센터에서 낙마 사고가 있었습니다. 눈이 부시게 아름다운 가을의 낮 풍경이 마지막 장면이었다는 것 말고는, 사고 전후 수 시간 가량의 기억이 지금도 떠오르지 않습니다. 헬멧을 비롯한 안전장비를 착용했음에도 부상은 처참한 수준이었고, 스스로 상태를 파악할 수 없는 지경으로 급히 응급실로 실려 왔다는 것만이 그나마 남아있는 기억입니다. 저의 부상명은 한쪽 안구 파열과 안면부 분쇄 골절로, 좌측 안와와 양측 광대, 좌측 상악 부비동, 그리고 코뼈를 포함한 9개 부위 이상의 뼈가 분쇄 골절되면서 좌측 안구 파열이 일어났습니다. 서울에서 한달음에 달려오신 아버지는 상황이 너무 안 좋다고 판단하셨고, 안정과 치료를 위해 저의 직장인 여의도성모병원으로 전원을 결정하셨습니다. 순식간에 벌어진 일에 미처 정신을 차리지도 못한 채 구급차에 올라 진통제를 달고 저의 담당과인 소화기내과 교수님께 전화를 걸어 상황을 알렸습니다.

저녁때가 다 되어서야 병원에 도착했고, 소화기내과 교수님들과 동료 펠로우fellow는 전전긍긍하며 저를 기다리고 있었습니다. 걱정스러운 얼굴들을 보고 인사할 틈도 없이 안과 교수님들과 성형외과 교수님들도 달려오셔서 제 상태를 살펴주셨습니다. 위급한 상황이라 응급수술이 결정되었고, 전신마취와 함께 자정이 다 될 때까지 수술이 진행되었습니다. 2시간이 넘는 시간 동안 안과 교수님 두 분이 제 눈을 봉합해주셨고, 소화기내과 교수님께서는 수술이 끝날 때까지 곁을 지키시다 저와 부모님께 결과를 전달해주셨습니다. 부모님께선 안 좋은 상황에서도 교수님을 통해 정말 큰 위안과 위로를 받으셨다고 합니다. 이런 스승님들께 배우고 성장했던 것이 정말 더할 나위 없는 큰 행운입니다.

세상에는 피할 수 없는 나쁜 일들이 있습니다. '나에게 왜 이런 일이 생긴 거지' '이게 지금 현실이 맞나' 별별 생각이 다 들었지만, 받아들이고 앞으로 나아가기로 마음을 먹었습니다. 불시에 찾아온 불행을 통해 누군가는 좌절하고, 누군가는 그것을 배움 삼아 앞으로 한발 더 나아갑니다.

저는 저에게 닥친 불행을, 그 괴롭고 지난했던 시간을 헛되이 보내지 않으려 기록하기 시작했습니다. 그로 인해 주변을 둘러보지 않고 바쁘게 앞만 보고 달려가느라 놓치고 살았던 것을 볼 수 있었고, 두 눈이 있을 때보다 오히려 세상을 바라보는 눈도 넓어졌습니다. 그리고 늘 의사의 입장에서만 생각했던 병원이라는 공간에서 온전히 환자로, 그것도 응급환자로 지낸 후 환자와 의료진의 입장, 환자가 원하는 것들, 환자와 의료진의 유대 등 서로의 입장에 대해 아주 약간은 이해할 수 있게 되었습니다.

일곱 번째 수술을 앞두고 있습니다. 언제 끝날지 모르는 이 과정을 함께해주신 많은 분들의 마음이 헛되지 않게 최선을 다해 회복하고 원래의 자리로 돌아가 환자분들을 만나려고 합니다. 저의 불행이 누군가에겐 별것 아닐 수도 있겠습니다. 그러나 불행의 크기보다 헤쳐 나가는 과정이 값진 것이라 생각하기에 제가 얻은 모든 희망을 함께 나누려고 합니다. 씩씩하게 잘 이겨내어 제게 주신 위로와 용기 두고두고 갚으며 나누며 살겠습니다. 저의 어둠이 많은 분들께 희망이 되길 바라며.

○

2024년 초여름
서연주 드림.

1

이제 나의 절반은
내내 밤

기억의 첫 시작
아빠 목소리

천천히 눈을 뜨자 아빠 얼굴이 보였다. "이제 정신이 드니? 아프니?" 다급함이 묻어나는 질문에 나는 대답하지 못하고 그저 두리번거렸다. 상황을 알아차리고 싶었지만 모든 것이 꿈처럼 느껴졌다. 또렷이 보기 위해 인상을 찡그렸다 폈다를 반복했지만, 어떤 이유 때문인지 모든 것이 흐릿하게 보였다. 약간의 시간이 흐르자 내가 누워있는 공간에 대해 인지가 되었다. 익숙한 듯 낯선 곳, 병원이었다. 그것도 응급실. 딱딱한 침대 위에 누이어 어쩐 일인지 몸을 꼼짝할 수가 없었다. 무슨 일이 벌어진 걸까. "엄마는?" "응급실에 한 명밖에 못 들어와서 엄마는 바깥에 있어." 아빠는 짐짓 덤덤한 말투로 대답했다. 곧 의료진 몇 분이 들어와 나를 들것에 옮겼고, CT 기계 위로 내려놓았다. "옷 좀 자를게요."

피로 흥건하게 물든 옷을 차가운 날의 가위가 거침없이 통과했다. 몸 위로 재빨리 얇은 환자복이 덮였다. 분명 푸르른 숲속에서 눈부시게 청명한 가을볕 아래 탐스러운 말과 함께였는데, 어째서 차가운 침대로 옮겨졌는지 영문을 알 수 없었다. 떠올려보려 안간힘을 썼지만 머리만 아플 뿐이었다. CT 기계가 작동하자, 몸이 원통형 장비로 들어갔다 나왔다를 몇 차례 반복했다. 병원에 그렇게 오래 있었으면서도, 특히 인턴 때 CT 찍는 환자의 곁에 내내 함께했던 적이 있었는데도 이 기계 속에 내가 들어갈 거라고는 생각조차 하지 못했다. '내가 왜 이 검사를 받아야 하는 거야…… 무슨 일이 벌어지고 있는 거지?' 생각이 뒤엉켜 정리가 되지 않아 눈을 감아버렸다.

CT 촬영을 마치고 다시 송장처럼 들려 어딘가로 옮겨졌다. 팔을 들어 환자복을 보니 '원주세브란스기독병원'이라고 쓰여있었다. '아, 강원도구나. 그래, 어제 내가 평창에 말을 타러 왔었지…… 아빠 엄마는 내가 강원도에 온 것도 모르셨을 텐데…… 아, 누군가의 연락을 받고 서울에서 올라오셨구나. 그런데 나는 지금 어떤 상태인 거지……?' 정신없어 보이는 나의 표정을 알아챘는지 아빠가 조심스럽게 말씀하셨다. "연주야, 너 왼쪽 눈을 많이 다쳤대. 여기서는 더 이상 뭘 할 수가 없다고 하네. 네가 소화기내과 의사라고 하니, 근무하는 병원으로 이송하는

○

것이 어떻겠냐고 하네. 여긴 연고도 없고, 옮기는 것이 좋지 않을까?" 나는 고개를 끄덕였다. 이송 도중 생기는 문제는 환자 책임이라는 동의서에 서명하자 곧바로 이송이 결정됐다. 응급실 근무 때 수도 없이 받았던 동의서인데 막상 환자가 되어 서명을 하려니 생경한 기분이 들었다.

난생처음 환자로 타 보는 구급차였다. 엄마가 보호자로 같이 올라타 한 손에는 묵주를 쥐고, 한 손으로는 내 손을 꼭 잡고 있었다. 구급차가 빠르고 정신없이 내달리는 탓에 몽롱한 정신과 몸은 가눌 겨를도 없이 차가 흔들리는 대로 따라 휘청거렸다. 겨우 힘을 내어 아버지처럼 믿고 따르던 소화기내과 어른 교수님께 전화를 걸었다. "교수님…… 통화 가능하세요? 저 낙마 사고가 났어요. 눈을 크게 다쳤대요……" 바로 어제 저녁까지 세미나로 서울에서 함께했던 분이었다. 세미나 후 회식에 못 따라가는 것이 죄송해 끝까지 행사 정리를 돕고 강원도로 가면서, "교수님, 저 말 타러 가요"라고 너스레를 떨었던 게 교수님과의 마지막이었다. 그런데 스물네 시간도 지나지 않은 지금, 온 얼굴이 피투성이가 된 채로 다시 교수님이 계신 병원으로 실려 가고 있었다.

저녁 어스름이 질 무렵 요란하던 구급차의 사이렌이 멈추고 나의 일터이자, 내가 돌보던 환자들이 있는 여의도성모병원에 도착했다. 병원 입구 횡단보도도, 마리아 동상과 응급실 문도 어제 떠날 때와 똑같은 모습인데 나만 많은 것이 달라져 있었다. "철커덕" 하고 구급차 문이 열리자, 소화기내과 동기인 은정 언니가 울음을 터트리며 교수님과 함께 달려왔다. 그때부터 모든 것이 정신없이 진행되었다. 급하게 응급수술이 잡히고, 수술 준비를 위해 간호사 선생님들이 양쪽에서 혈관을 잡고, 은정 언니는 어디선가 아세톤을 구해와 발톱 끝에 남아있는 페디큐어를 지우고 있었다. 다리가 벌려진 채 소변 줄도 꼽혔다. 모두 내가 아는 얼굴이었다. 정말 모두가 그대로였는데 나만 이상한 세계에 떨어진 것 같았다. 정확히 알 수는 없었지만 어렴풋이 도저히 벗어날 수 없는 이상한 세계로 떨어져버린 거라는 것만은 분명했다. 그렇게 나는 한순간에 의사로 일하던 병원에 실려온 응급환자가 되었다.

○

응급실경과기록 - Freetext

[입원] 내원시간:2022/11/06 18:23   진료과: 안과
퇴실: 2022/11/25 10:09
작성과: 안과   진료일자: 2022-11-06 18:25

S&O
〈OPH ER NOTE〉

C/C known eyeball repture(OS)
P/I 상기 환자 금일 발생한 낙마사고로 원주세브란스기독병원 내원 후 안면부 골절 및 좌측 안구 파열 소견 듣고 본원에서 수술적 치료 위해 내원

DM/HBP(-/-)
Ocular op/trauma(+/-)
안내렌즈삽입술
Gls(-)
Eye drop(-)

NPO time: Solid & Liquid 10AM

외부 영상 영상의학과 구두 판독
(0) R/O Lt. eyeball rupture, with shrinkage.
(1) Multiple fractures below
Lt. orbit: medial wall(ethmoid orbital plate) ingerior and lateral wall (zygomatic orbital surface)
Maxillary sinuses: Both medidal and Lt. posterior wall
Nasal structure: Vomer, Nasal bone
Outer facial bone: Both zygomatic process, Lt. zygomatic arch,
(2) Skull base & C spine: no definite fracture line.
(3) Hemosinus, and emphysema on the facial soft tissues.

VA 측정 불가
IOP 측정 불가, soft by DP

분주하고 심각했던
응급실

응급실 내 처치실로 옮겨졌다. 눈과 입, 코에서 울컥거리며 피가 흘러나왔다. 머리카락과 옷은 이미 온통 피투성이였다. 원주세브란스기독병원에서 입혀진 환자복이 벗겨지고, 새 환자복으로 갈아 입혀졌다. 선배와 동료들할 것 없이 저마다 심각하고 분주하게 움직이고 있었지만, 표정만은 모두가 믿을 수 없다는듯 참담한 표정이었다. '그래. 그럴 만도 하지. 이렇게 꼼짝 못 하는 피투성이로 실려 왔으니……' 기본적인 처치가 끝나고 응급수술이 잡혔다. 수술 준비를 위해 피를 뽑았고, 가슴팍에 심전도 모니터링 스티커도 부착되었다. 모든 준비가 아주 조심스럽고 빠르게 진행되었다. 어떤 의사결정을 할 새도 없이 빠르게 흘러가는 풍경 속에 나만 우두커니 누워있자니 인턴 시절, 동기들과 장난스럽게 나눴던 말이 떠올랐다. "나는 나중에 사고로 병원에 실려 가게 되면 존엄을 해치는 행위는 거부할 거야. 소생 가능성이 희박할 경우엔 의미 없는 연명치료도 하지 않으려고. DNR*뿐만 아니라 DNF**를 외칠 거라고. 몸에 문신이라도 새겨야 할까 봐."

레지던트 시절, 병원에서 중환자를 가장 많이 보는 우리 내과 전공의 동기들은 새벽 내내 응급실을 떠나지 못하는 일이 허다했다. 우리에게 응급실은 함께 환자를 지키는 은신처이자 싸움터였고, 터전이었다. 꼬박 밤을 새우고 쓰러질 것 같으면서도, 상태가 좋지 않은 환자가 오면 언제 그랬냐는 듯 최선을 다해 달려들었다. 참 뿌듯하면서도 힘든 시절이었다. 그런데 이제는 내가 그런 중환자가 되어 아주 취약하고 연약한 신체로 무기력하게 응급실 침대에 누워있었다. 겪어보니 DNR이니 DNF니 거부고 뭐고 그건 내가 결정할 사항이 아니었다. 의사 표현도 에너지가 있어야 가능한 것이었으며 환자도, 의사도 그런 것을 따질 틈이 없었다. 오로지 더 악화되지 않게 애쓰는 의사와 그것을 믿고 따르는 환자만이 존재할 뿐.

○

---

* DNR(Do not resuscitation), 소생 거부
** DNF(Do not Foley insertion), 도뇨관 삽입 거부

가만히 눈을 깜박이며 이런저런 생각을 하는 도중, 여러 과 의사 선생님들이 오셔서 내 상태를 살폈고, 그분들은 무거운 표정으로 고개를 저으며 감당하기 어려운 이야기들을 건넸다. 다친 안구를 적출해야 할 수도 있으며, 산산조각 난 얼굴뼈들은 당장 수술이 불가능하다고 했다. 나는 피투성이가 된 눈을 지그시 감았다. 부모님은 그저 수술 동의서에 서명을 하고 묵주를 만지작거릴 뿐이었다. 나는 눈부시게 빛나는 응급실 조명 아래서 의료진에게 모든 것을 맡기고 신께 무사함을 비는 것밖에 떠오르지 않았다. '다시는 자만하지 않겠습니다. 부디 저를 굽어 살펴주시길.'

○

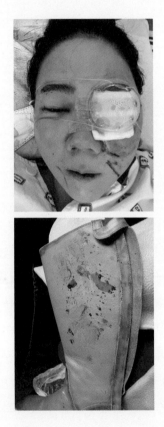

응급수술이 끝나고
다시 꿈속으로

사고 당일 긴급으로 진행된 응급 안구 봉합술은 약 3시간 정도가 걸렸다. 자정이 넘어서 끝났다는데 진통제로 인한 몽롱한 정신 상태 때문인지, 어떻게 병실로 올라왔는지 잘 기억나지 않는다. 왼쪽 눈에 붕대를 칭칭 감고 이동식 침대에 실려 병동에 도착하자, 낯빛이 시커멓게 변한 엄마가 기다리고 있었다. 자정이 넘은 시간까지 전공과 교수님께서 부모님 곁을 지켜주셨다는 이야기도 들었다. 교수님은 수술장 앞에서 발을 동동 구르며 마음 졸이는 부모님께, 문제가 있어서 수술이 늦어지는 것이 아니니 너무 걱정 마시라고 상황을 전달해주셨다고 했다. 교수님 역시 스승이기 이전에 부모의 마음으로 우리 부모님께 위로를 전하셨을 것이라 생각하니 몹시 감사한 마음이 들었다.

"아프니?" 엄마가 감정을 꾹 누르고 작은 목소리로 물었다. "아니, 괜찮아." 나는 목소리를 힘껏 짜내어 대답했다. 가까스로 대답했지만, 모든 게 뒤엉킨 나는 이제 그만 잠들고 싶었다. 어쩌면 잠을 통해 모든 것을 잊고 싶었는지도 모른다. 상황이 어떻게 돌아가는지, 수술 결과는 어떤지 묻고 싶지 않았다. 붕대가 감기고 안대가 씌워진 왼쪽 눈가에 손을 잠시 대보았다. 엄마가 안타까운 표정으로 지켜보는 것이 느껴졌다. 현실을 실감하려고 상황을 살피는 틈에 병실 문을 두드리는 노크 소리가 들렸다. 간호사 선생님이었다. "서연주 선생님 보호자분?" "네." 엄마는 담당 간호사에 이끌려 늦은 밤 조용히 병실 밖으로 나갔다.

병원에 입원하면 거치게 되는 각종 절차들이 있다. 환자의 평소 건강상태, 종교, 흡연/음주 여부, 복용 약물 여부 등 기초 조사를 거치고, 보호자의 신원을 확인해 차트에 기록한다. 그리고 병실 이용에 필요한 규칙과 정보들을 안내 받는다. 응급수술을 막 마치고 돌아와 힘없이 누워있는 나를 대신해 엄마가 이것저것 답변을 하고 병실로 돌아왔다. 대학병원 의사로 승승장구할 줄 알았던 딸이 갑자기 중증환자가 되었고, 졸지에 보호자 역할을 맡게 된 엄마의 심정이 어땠을까. 나는 그렇게 엄마에게 지울 수 없는 절망을 드리고 말았다.

드르륵―

　다음은 내 차례였다. 자정 넘어 담당 간호사 선생님이 카트를 끌고 컴컴한 병실로 들어왔다. 다른 환자들의 잠을 깨울세라, 내 팔에 조용히 혈압계를 두르고 쉬익 바람을 불어 넣어 혈압을 쟀다. 동시에 귀에 체온계도 꽂아 체온을 재고, 손가락에 산소포화도 기계를 끼워 수치를 확인했다. "혈압은 정상이에요, 선생님. 체온은 37.8도요. 이제 푹 주무세요." 손끝에 작은 침을 찔러 넣어 혈당 체크까지 했을 테지만, 이 과정 중 내가 명확하게 기억하는 건 하나도 없다. 그저 오랜 시간 동안 관성적으로 해왔던 일이므로 짐작만 할 뿐이다.

　의사로 일하면서 그간 수많은 환자들에게 상황을 설명하고 마취와 수술 동의서를 받고, 또 수술방까지 옮기는 걸 도왔는데 내가 그 수술대 위에 올라 이 모든 과정을 거치고 있고, 무려 그 과정 중 어떤 부분은 아예 기억조차 하지 못했다. 혹시 꿈인 걸까. 삶이란 예측 불가함을, 결코 내 뜻대로 흘러가지 않음을 계속해서 느끼고 있다. 얼마나 많은 위기가 남은 걸까. 그렇게 새로운 삶이 펼쳐질 거라는 불확실한 불안감이 어슴푸레한 새벽과 함께 시작되고 있었다.

실명이란 비극
받아들이기

사고 앞뒤로 수 시간의 기억이 몽땅 사라졌다. 억지로 시간을 거슬러 더듬고 헤집어봤지만 돌아오는 건 없었다. 그나마 남아있는 기억은 온 세상이 찬란한 단풍으로 가득했다는 것, 그리고 베이지색의 말이 너무나 사랑스러웠다는 것이다. 한쪽 눈이 영원히 어둠에 갇히게 됐지만 한편으론 그 눈이 가둔 마지막 장면이 오색찬란한 가을 풍경이라는 것이 그나마 신이 내게 준 축복이 아닐까 하는 생각이 들었다. 고통스럽고 끔찍한 기억이 아닌 아름다운 풍경이 담긴 눈이라니. 물론 이어진 현실의 비극을 받아들이는 것은 별개의 문제이긴 했지만.

결과적으로 왼쪽 눈을 실명했다. 정확히 말하면 사고 당시, 원인을 알 수 없는 큰 충격을 받아 얼굴뼈들이 산산

조각 났고, 왼쪽 눈알은 형체를 알 수 없이 찢어졌다. 사고가 나기 전 8개월 전쯤에 고도 근시로 인한 시력 보정을 위해 렌즈삽입술을 받았었는데, 그때 넣어둔 렌즈뿐만 아니라 눈의 가장 안쪽에 있는 얇은 신경막인 망막까지 눈알이 찢어진 틈으로 모두 흘러나와 사라져버렸다. 게다가 안구 주변의 뼈가 부서지면서 그 뼈가 호흡 중추역할을 하는 중뇌 앞까지 밀려와 닿아 있었고, 두개골 안쪽으로 미세 뇌출혈도 있었다. 멀쩡히 숨 쉬고 살아있는 것에 감사해야 하는 상황이었다. 정신을 잃은 덕분에 전혀 통증을 느낄 수 없었다는 것이 다행이었다.

병원에서 늘 사용하던 의료진 아이디를 이용해 나의 상태를 쉽게 들여다볼 수 있었지만 그럴 용기가 나지 않았다. 절망적일 것이 뻔한 결과를 마주하고 싶지 않았다. 그냥 이대로 나의 의지라고는 전혀 없이 떠밀려 가는 상황에 기대는 편이 나을 것 같았다. 몹시 알고 싶었지만, 몹시 알고 싶지 않았다. 그런 마음을 읽으신 걸까, 교수님들은 항상 먼발치에서 조용히 의견을 나누셨다. 하지만 분위기나, 동료들의 참담한 표정 그리고 엄마의 슬픈 얼굴에서 나는 알 수 있었다. 나에게 큰 비극이 일어났다는 것을.

불행은 나를 피해가지 않고 내 왼쪽 눈을 관통했다. 엄마는 떨리는 목소리를 가다듬으며 천천히 전해주셨다. "연주야, 너 왼쪽 눈, 실명했대." 그 이야기를 꺼내기까지 엄마는 얼마나 가슴이 아팠을까. 아마 어떻게 이야기를 전해야 할지 100번도 넘게 고민했을 것이다. 나는 멍하니 누워 엄마 눈을 피한 채, 남은 한쪽 눈으로 병실 커튼을 바라보았다. "아, 그래? 응. 그렇구나." 그 외에 더 할 수 있는 말이 없었다. 하지만 머릿속은 복잡한 질문들로 엉켜들기 시작했다. '그럼 난 이제 어떻게 되는 거지?' '앞으로 무엇을 할 수 있을까?' '한쪽 눈이 실명된 채로 계속 의사 생활을 할 수 있을까?' '내 인생은, 내 커리어는, 내 미래는……'

첫 안과 외래에서 만난 교수님은 궁금한 것이 있으면 뭐든지 물어보라고 하셨다. 나는 조심스레 입을 뗐다. "혹시, 안구 이식이 되나요?" 고요한 외래방에 적막과 탄식이 뒤엉켰다. 이내 어렵다는 대답이 돌아왔다. 망막이 사라져 어떠한 방법으로도 시력을 살리는 것은 불가능하다고 했다. 교수님은 덧붙여 말씀하셨다. "그래도 안구 적출은 최대한 피해봅시다. 그러려면 봉합한 안구의 모양과 부피가 일정한 사이즈로 계속 유지되어야 해요. 만에 하나 감염이 퍼지면 다른 쪽 눈도 잃게 되니 특별히 조심해야 합니다. 시력은 살릴 수 없지만, 미용적으로라도 최대한 유지될 수 있도록 찢어진 안구를 힘들게 붙여 놨어요. 그렇지만 봉합한 안구의 모양과 부피가 유지되는 것은 누구도 장담할 수 없습니다. 무언가 새어 나오고 감염이 생기면 다친 안구뿐 아니라 다른 쪽 눈도 적출해야 될 거예요. 더러운 흙바닥에서 다친 거라 오염이 되었을 테니, 감염이 퍼지지 않도록 각별히 조심해야 합니다." 나는 고개를 끄덕였다. 첫 질문을 끝으로 더 이상 아무것도 묻지 않았다. 입원 생활을 통틀어 처음이자 마지막으로 의료진에게 물었던 질문이었다. 그 외의 질문은 불필요하게 느껴졌다. 그리고 바쁘고 치열한 의료진의 삶을 누구보다 잘 알기에 사소한 궁금증 같은 건 바쁜 일상에 짐을 더하는 것 같아서 차마 입 밖으로 꺼낼 수 없었다.

의사 면허를 따고 5년간 일하던 병원에 내가 환자로 입원해 있다. 그동안 이곳에서 수도 없이 많은 환자와 보호자를 만났다. 전공의 때는 매일 이곳에서 먹고, 씻고, 잠들었다. 그런데 그때와 똑같은 공간에서 똑같이 먹고, 씻고 잠드는데 나는 완벽히 다른 사람이 되어 있었다. 그것도 한쪽 눈을 영영 잃은 채로. 그렇게 나는 환자가 되어 가혹한 현실을 받아들이고 있었다. 원대한 꿈을 꾸며 당찬 포부를 밝히던 의사 서연주에서 환자 서연주로, 그리고 장애인 서연주로 새로운 인생이 시작되고 있었다.

○

그럼에도 내가
살아야 하는 이유

연주, 폰이 꺼져 있네 살아 있는 거 맞지?

2022년 11월 6일 오후 2:01

　　스무 살 언저리부터 친하게 지냈던 친구 세용이가 사고 난 날 연락이 되지 않자 보내둔 카톡이었다. 오후 2시 경이면…… 한창 원주세브란스기독병원 응급실에서 이리저리 침대에 실려 검사를 받고, 여의도성모병원 응급실로 전원 준비를 하던 때였을 거다.

○

나 낙마사고 났어. 어제 평창갓다 떨어져서 실려 와서 응급수술햇다. 한쪽 안구 적출해야 될거 같다고 하네

2022년 11월 7일 오전 6:01

2022년 11월 7일 오전 7:09

내가 연락되지 않자 무슨 일이 있느냐고 물어본 친구
는 세용이가 유일했다. 나는 항상 여기저기를 다녔고, 뭔
가를 하고 있고, 또 누군가를 만나고 있었으니까.

> ㅜㅜ 뭔일잇냐고 물어본건 너가 첨이다. 아마 당분간은
> 입원해야할거 같고, 코로나따미 면회는 언돼. 내시경은
> 어려우 거 같다고 하네. 그래도 유튜브는 계속하고싶어
> 주제는 달라지겠지만

2022년 11월 7일 오후 5:09

당시 세용이와 나는 유튜브 채널을 열어 운영을 막 시
작한 참이었다. 대한민국에서 '의사'라는 존재를 나쁘고
어려운, 약간은 재수 없는 샌님처럼 생각하는 분위기를
바꿔보고 싶어 시작한 채널이었다. 특히나 2020년도 공
공 의대 및 의대 정원 확대 정부 방침에 맞서 전공의협의
회 부회장으로 단체행동 일선에 나선 나로서는, 당시 언
론 기사에 달린 댓글들을 잊을 수가 없었다. '밥그릇 챙기
기 극혐' '환자 생명 볼모로 파업하는 살인자들. 돈 잘 벌
면서 꼴값이네' 등.

억울했다. 병원에서 먹고 자고 밤새며 환자를 돌보는
것에 청춘을 바치기로 결심한 우리의 뜻을 알아주지 않

는 사람들의 말 한마디가 참으로 뼈아팠다. 우리는 환자 상태가 나쁘면 일주일에 몇 안 되는 소중한 오프를 자진 반납하고 환자 곁에 남아있기를 택했고, 환자들의 검사 수치가 좋아질 때면 마치 내 가족이 건강해진 것처럼 덩달아 뿌듯함을 느꼈다. 그러다 손쓸 수 없을 정도로 상태가 나빠지는 환자들 앞에서는 자괴감과 자책에 빠져 며칠을 맘고생하기도 했다. 그런데 돌아오는 반응을 보니 무언가 잘못되고 있었다.

300만 원 남짓 하는 월급을 근무 시간으로 나눠보면 최저시급에 한참 못 미친다. 사람들이 돈도 잘 벌면서 왜 우는 소리하느냐고 할 때도 묵묵히 듣고만 있었다. 괴로웠지만 그토록 꿈에 그리던 병원에서 환자와 함께하며 일할 수 있음에 감사해하며 마음을 다잡았다. 우리끼리는 이런 걸 '바이탈 뽕'이라 부르며 그 힘으로 버틴다고 했다. 힘들어 죽겠는데도 이 일을 계속 하고 있는 걸 보면 우린 천생 편하게 살기는 글렀다고. 내 삶과 인생보다 환자의 검사 결과나 건강상태가 더 중요한 우리는, 놀고먹을 팔자는 아니라고.

○

우리는 그런 사람들이었다. 세용이도 나도 좋은 의사가 되고 싶었다. 그런데 나는 갑자기 환자가 되었고, 세용이는 파트너를 잃게 되었다. 일시적이지만, 채널을 어떻게 꾸려 나갈지, 아니 지속할 수는 있을지 우리는 표류하게 되었다. 좋은 의사되기가 이리도 어렵단 말인가. 세용이와 나는 현재와 미래에 대해 긴 이야기를 나누었다. 아주 잠시지만 슬픔과 절망이 약간씩 밀려나고 있었다.

○

감염과의
필사적인 사투

응급수술을 마친 뒤 환자인 나와 담당 안과 의료진은 두 가지 과제에 직면하게 되었다. 첫째, 시력은 잃었지만 외관상 최대한 이전과 비슷한 안구의 모양과 부피를 유지하자. 둘째, 감염이 진행되지 않도록 하자. 다친 눈에 감염이 진행될 경우, 반대쪽 눈도 잃을 확률이 높아지므로 유일하게 남은 눈을 지키는 일은 그 무엇보다 시급하고 절박한 일이었다. 안과 레지던트 선생님들은 매일 새벽마다 내 양쪽 눈을 세심하게 들여다보았다. 통통 부어 소시지 같은 눈꺼풀을 면봉으로 조심스레 들어 올려 이리저리 꼼꼼히 살폈고, 안압계로 안압을 재느라 수차례 진땀을 빼기도 했다.

아침 일찍 이루어지는 교수님 회진 전에 모든 환자 준

비를 마쳐야 하는 레지던트 저연차는 몸도 마음도 급하기 마련이다. 나를 담당하고 있는 선생님을 보자니 나의 1년 차 시절을 보는 듯해 괜히 내 마음도 조급해졌다. 조금이라도 일을 줄여주고 싶었으나 기능을 잃고 흐물해져 안압이 재지지 않는 눈을 어찌할 도리는 없었다. 그저 시키는 대로 고개를 쭉 내밀고, 최대한 눈을 크게 뜨고, 타고 있는 휠체어가 방해되지 않도록 다리를 치워주는 게 내가 할 수 있는 전부였다.

그렇게 1단계가 끝나면 펠로우fellow* 선생님을 만나게 되는데 용케 인턴 때 동고동락했던 동기가 안과에서 근무 중이라 종종 날 들여다봐 주었다. 그는 환자복을 입고 휠체어에 앉은 나를 볼 때마다 어쩔 줄 몰라 하며 난처해했다. 그럴 때마다 나는 괜히 씩 웃어 보이며, "어유, 너 언제 이렇게 커서 멋진 안과 의사가 됐어!" 하고 괜히 농담을 건넸다. 그러면 그의 표정도 조금은 풀리는 듯했다. 좋은 의사가 되어 나를 돌봐주는 그가 그렇게 고맙고 든든할 수가 없었다. 이렇게 두 단계의 사람을 만나고 나면 안과 교수님의 회진이 이어진다. 안구가 온통 찢어지고 망가진 탓에 총 네 분의 교수님을 만나야 했다. 그동안 의사로 수도 없이 회진에 참여했지만 환자가 되어 결과를

* 임상강사. 전문의 면허를 취득한 후 추가적으로 세부 분과 수련을 받는 사람을 뜻한다.

듣는 입장이 되니 떨림과 긴장은 어찌할 도리가 없었다.

내 눈은 지금 어떤 상태인 걸까. 교수님들께서는 매일 아침 내 눈을 유심히 들여다보시고 안심할 수 있도록 상황을 설명해주셨다. "오늘은 충혈된 상처가 조금 좋아졌어요. 어휴 젊어서 그런지 회복도 빠르네. 잘하고 있어요." 이 한마디에 나는 매일 조금씩 힘이 났다. 엄마는 매일 아침 시험대에 오르는 것 같다고 했다. 혹여나, 조금이라도 감염 징후가 보이면 어쩌나 하는 걱정에 마음을 졸이셨다.

사실 겁이 나긴 나도 마찬가지였다. 매 순간 눈을 감았다 뜨는 순간이면 새벽이든 밤이든 다치지 않은 눈이 어제와 같은지, 멀쩡하게 잘 보이는지 살폈다. 불이 모두 꺼진 어둠 속에서 눈을 뜰 때면 희미한 무엇이라도 찾으려 다급히 두리번거렸고, 제대로 보기 위해 모든 감각을 집중했다. 보인다는 게 확인되면 그제야 마음을 놓고 다시 눈을 감을 수 있었다.

감염을 예방하기 위해 가장 많은 범위의 균을 죽일 수 있는 독한 항생제를 맞았다. 독한 약은 항상 양면의 성격을 띠기 마련인데, 독한 항생제 때문에 혈관이 터지거나 쪼그라들었고, 양팔은 주삿바늘로 상처가 가득했다. 하지만 그건 아무렇지도 않았다. 한쪽 눈만 지킬 수 있다면 혈관이 다 터지고 수백 번 찔려도 아무런 문제가 되지 않았다.

이런 고통은 얼마든지 괜찮으니 매일 지금보다 더 나빠지지 않게 도와달라고, 보살펴달라고 그렇게 누군가를 향해 끊임없이 빌었다. 이 고난이 더 이상 우리를 할퀴지 않게 해달라고 애원했다. 하지만 언제나 그렇듯, 상황은 내 뜻대로 흘러가지 않았다.

사고 소식
현명하게 알리기

 사고 전의 나는 누구보다 활발하고 바쁘게 활동하던 사람이었다. 매주 시험을 보던 의학전문대학원 시절엔 학생회와 동아리 2개, 향우회 활동까지 병행하며 쉴 틈 없이 매진했고, 전공의 시절에는 여성 최초로 내과 의국장*과 병원 대표를 맡으며 전공의협의회 임원으로 전국 전공의들의 권익 보호에 앞섰다. 병원에서는 밤낮으로 환자를 지키고, 병원 밖에서는 동료들을 위해 열정적인 목소리를 내는 나를 보고 주변 친구들은 '서다르크'라고 불렀다. 당직을 서며 꼴딱 밤을 새우고도 쉬는 대신 회의

○

---

* 각 전공과의 구성원이 모여 업무를 진행하는 방 혹은 부서를 뜻하며, 병원 내에서 해당과를 총괄하는 단위로 쓰인다. (예: 내과 의국, 소아청소년과 의국 등)

나 모임에 나갔고, 하다못해 운동이라도 해야 직성이 풀리는 욕심 많고 에너지 넘치던 사람이었다. 사람이 죽고 사는 경계를 오가는 의사라는 직업 특성 때문인지 나는 기어코 긴장된 상태로 머물러 있으려 했다. 평온하고 고요한 삶이 내게 허락될 리 없다며, 약간의 틈이라도 나면 계속 바쁘게 일을 찾았다. 쉬지 않아도 좋은 사람들과 같이 있으면 마음이 쉬는 듯해 위안이 되었고, 그 자체로 내게 쉼이 되었다. 사람을 좋아해 인간관계에도 욕심을 냈던 나는 다양한 모임에 빠지지 않고 나갔고, 덕분에 친구도 많아 마당발로 통했다. 그런 나의 사고 소식은 삽시간에 퍼져 나갔다. 강원도에서 서울로 전원이 결정되어 이송되고 있을 때 일면식도 없는 전국 병원의 의사들과 의료관계자들까지 내 소식을 물어왔다고 했다.

나는 나의 상황을 제대로 알려야 했다. 응급수술에서 깨어난 직후 가장 먼저 내일부터 잡혀있는 일정을 확인했다. 그리고 관련된 사람들에게 연락을 돌리기 시작했다. 수술 직후라 정신이 없기도 했지만, 구구절절 내 상황을 설명하는 일은 생각보다 힘든 일이었다. 나의 사고와 실명 소식을 들은 사람들은 경악하다 이내 슬퍼하는 반응을 보였다. 하지만 나에겐 그다음 대화를 이어갈 에너지가 남아있지 않았다. 괜찮지 않은데 괜찮다고 말할 수 없었고, 타는 듯한 눈의 고통을 참으며 놀란 상대방을 진정시켜야 하는 노력을 할 마음의 여유 같은 것도 남아있지 않았다. 그리고 가장 힘들었던 건 그런 나를 걱정스레 지켜보는 엄마의 모습이었다.

인생을 바꿔놓을 만한 큰 불행이 닥쳤다는 사실은 단순한 스캔들 따위가 아니었다. 사람들은 자신이 당한 것처럼 슬퍼해주었고, 진심으로 위로를 전하기도 했다. 빗발치는 전화와 수백 개가 넘는 메시지가 무척 고마웠지만, 한편으로는 버겁게 느껴졌다. 사람들은 몹시 활동적이던 나를 떠올렸고, 그렇기에 더욱 안타깝고 마음이 아프다고 했다. 그리고 어떤 위로를 전해야 할지 모르겠다는 말을 덧붙였다. 나는 이 상황을 얼른 마무리하고 싶었다.

아직 다 돌리지 못한 연락처를 보자 한숨이 나왔다. 어떻게 하면 효과적으로 알릴 수 있을까 고민하다, 구급차에 실려온 뒤 처음으로 엄마가 밀어주는 휠체어를 타고 바깥바람을 쐬러 나간 날, 셀카 한 장과 함께 소셜미디어에 글을 올렸다.

○

wink.doctor
여의도성모병원

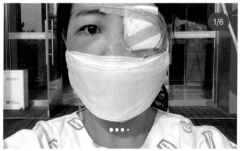

1/6

● ● ● ●

인사이트 보기   게시물 홍보

♡ 280   ◯ 95   ▽ 20   🔖

robin***님 외 여러 명이 좋아합니다
wink.doctor.

한쪽 시력을 잃었습니다.

지난 일요일, (2022.11.6) 강원도 인근의 외승 센터에서 낙마 사고가 있었습니다.

헬멧과 안전장비를 착용한 상태였고, 사고 전후 약 수 시간가량의 기억이 통째로 사라져 정확한 상황은 지금도 알지 못합니다. 먼저 원주세브란스기독병원 응급실로 실려갔고, 서울에서 오신 아버지 목소리가 들린 것부터가 제 기억의 시작입니다……

매주 3일씩, 새벽 6시에 PT 선생님과 운동 후 출근하던 나였다. 그리고 휴식 시간과 점심시간을 쪼개 골프 레슨도 챙겼다. 그 일상을 함께했던 분들에게 당분간, 어쩌면 꽤 오랫동안 함께할 수 없을 거라고 소식을 전하자니 미안한 마음이 들었다. 흔한 금전 계약 이상으로 보여주었던 그간의 친절과 따뜻함, 배려들은 치열한 삶을 버티게 하는 힘이었다. 그런데 그 모든 평화가 갑작스러운 불행으로 깨져버린다고 생각하니 서럽고, 아쉬운 마음이 들었다. 소식을 들은 사람들은 고맙게도 진심으로 공감하며 위로해주었다. 다르게 말하면 말을 아꼈다는 게 맞겠다.

대개 누군가에게 비극이 닥치면 왜 그런 일이 일어났는지 원인에 대해 궁금해하며 파고든다. 왜 낙마했는지, 왜 실명했는지, 왜 수술로 고칠 수 없는지 등. '왜'라는 질문은 항상 궁금하고 자극적이다. 이에 더해 앞에 '그러니까'가 붙기도 한다. '그러니까 왜, 말을 타가지고' '그러니까 왜, 거길 가가지고…… 굳이……'

다행스럽게도 사람들은 나에게 왜냐고 묻지 않았다. 가족을 포함한 주변 사람들은 '왜 그랬냐'는 한탄 대신, 내가 이 끔찍한 시기에 꺾여 부러지지 않도록 따뜻한 보호막이 되어 감싸주었다. 그들은 내가 잘 먹는지, 잘 자는지, 아픈 곳은 없는지를 더 중요하게 여겼다. 다친 나를 먼저 생각하고 말을 골라주는 배려가, 한결같은 마음으로 회복을 바라고 기다려주는 그 마음이 참 고마웠다. 어쩌면 그동안 이들이 곁에 있어 치열했지만 허덕이지 않고 일상을 유지할 수 있었던 것 같다. 지금은 상상하기 힘들지만 언젠가 일상을 되찾게 된다면 함께 더 즐거운 시간을 보낼 수 있을 것 같았다. 나의 회복을 진심으로 바라는 이들이 이렇게 곁에 있으니까. 그리고 그런 일상을 되찾는 날이 온다면 반드시 주변을 잘 살피고, 따뜻함을 전하는 사람이 되리라 다짐했다.

지금껏 나에게만 집중하며 무엇을 채울지 욕심내던 과거의 내가 부끄럽게 느껴졌다. 앞으로는 타인의 표정 한 자락에서 힘듦을 눈치채고, 과하지 않은 위로 한 줄기를 건넬 줄 아는 사람이 되어야겠다고 마음먹었다. 보이는 눈을 잃은 대신 보이지 않는 마음을 살필 수 있는 눈을 얻어 다행이라고 생각한 오후였다.

어제까지는 괜찮았는데……
눈이 흐려졌어요

하늘이 도왔는지 시간이 지날수록 상태는 조금씩 괜찮아졌다. 멍과 부기도 서서히 빠지고, 수술한 안구의 출혈반Ecchymosis*도 하루가 다르게 줄어들었다. 간절한 바람처럼 온몸의 세포들이 열심히 노력하고 있는 것 같았다. 그렇게 빠른 회복력에 놀라며 이제 안정기에 접어들었다는 생각을 하니 슬슬 다른 것들이 눈에 들어오기 시작했다. 환자로 지내는 병원 생활에도 익숙해져 SNS나 메신저 같은 것들에 관심이 갔고 병문안을 오고 싶다는 친구들도 만나고 싶어졌다. 모든 것이 위태로워 방어하기에 급급

○

* 흔히 반상 출혈 또는 멍이라고 불리며, 대개 심하게 맞거나 부딪쳐서 살갗 밑에 검고 푸른 자국으로 피가 맺힌 것을 뜻한다.

했던 시간에 대한 보상심리였을까. 아직 주의가 필요한 상황임에도 나의 마음은 자꾸만 또 다른 욕심을 내고 있었다.

당직을 제외한 의료진이 부재한 주말의 병동은 고요하고 한산해 한편으로는 알 수 없는 불안이 감돈다. 의사로 환자를 보던 시절, 주말이 되어야 가까스로 주어지는 병원으로부터의 해방은 참 기쁘고 소중한 시간이었다. 하지만 환자가 되어보니, 의사들이 떠나 휑하니 빈 병원은 그토록 스산하고 불안할 수가 없었다. 주말 내내 입원한 채로 병원에 갇혀있어야 할 환자들에게, '주말 잘 보내세요!'라고 기쁘게 인사했던 어린 주치의의 설렘 가득한 목소리는, 환자들에게 어떤 의미로 다가왔을까.

특별한 검사도 시술도 없는 주말이기에, 엄마는 잠시 물건을 챙기러 집에 가셨고, 나는 오랜만에 놀러 온 내과 동료들과 즐거운 시간을 보냈다. 이 병원은, 실수투성이 1년 차 때부터 혼나고 배우며 자라온 곳이다. 그래서 그 시절 동료들을 만나고 추억을 떠올리면 마치 한쪽 눈이 망가진 현재가 아닌 새내기 의사로 고군분투하던 찬란한 과거로 돌아간 것만 같았다. 환자복을 입은 나는 그렇게 과거에, 꿈에, 추억에 젖어 주말을 보냈다.

다시 분주한 월요일이 시작되었다. 병원에는 생기가 돌

왔고, 사람들의 발걸음이 바삐 움직였다. 그렇게 나도 활기찬 일주일을 시작하려는데, 눈에 불편감이 느껴지는 게 아닌가. 주말에 무리를 했나 싶은 생각이 들었다. 인터넷으로 헤드폰을 주문해 집에 들른 엄마에게 가져다주길 부탁했었다. 아직 얼굴뼈가 어긋나 있는 상태로 헤드폰을 낀 탓일까, 확신할 수 없는 어딘가 불편한 통증이 있었다. 하지만 큰 고통은 아니었기에 대수롭지 않게 생각했다. '이 정도로 문제가 있을 리가 없잖아. 좋아지겠지.'

여느 때처럼 안약을 넣고 휠체어에 옮겨 탄 채 안과 외래 진료를 보기 위해 내려갔다. 인사를 나누고 다친 눈을 보던 안과 교수님이 멈칫하신다. "음…… 눈이 흐려졌어요." "네? 눈이 흐려지다뇨?" 청천벽력 같은 말씀에 가슴이 쿵 내려앉는다. "용혈작용Hemolysis*인지, 감염인지 모르겠지만 다친 눈이 갑자기 혼탁해졌어요."

어제까지 분명 괜찮았는데…… 환자의 상태가 나빠지는 일은 언제든 일어날 수 있는 일임을 알면서도 납득할수가 없었다. '분명 다 나은 것 같았는데…… 이제는 좀 살만하다고 생각했었는데……' 진료를 마치고 나오며 어디서부터 잘못된 것인지 곱씹어보았다. 헤드폰 때문인지, 추억과 꿈에 젖어 보낸 시간이 아직은 나에게 무리였던

○

---

* 파괴된 적혈구가 주변 액체인 혈장으로 흡수되는 과정을 말한다. 출혈 이후 정상적으로 적혈구가 흡수되는 과정에서 발생할 수 있다.

것인지…… 온갖 생각이 스쳤다.

느슨했던 행동의 결과는 결국 응급 유리체 절제술*로 이어졌다. 유리체 절제술은 유리체 내 혼탁이 생겼을 때 이를 제거하기 위한 목적으로 진행하거나, 혹은 유리체가 망막을 비정상적으로 당겨서 생기는 질환들(망막박리 등)이 있을 경우 치료 목적으로 시행하는 수술이다. 안구 내 혼탁이 생긴 원인은 정확히 알 수 없었다. 사고 당시 출혈로 생긴 피딱지가 녹아 흡수되는 자연스러운 과정일 수도 있었지만, 새롭게 감염이 생겼거나 자가 면역 항원-항체 반응**으로 인한 '교감성 안염'일 수도 있었다. 첫 번째 경우는 크게 걱정하지 않아도 되지만, 두 번째와 세 번째 경우라면 반대쪽 눈까지 적출해야 할 가능성도 있었기에 나는 겁에 질려 가슴이 쿵쾅거렸다.

나의 안일함에서 비롯된 실수가 더 발생하지 않길 바랐지만, 실수는 한 번으로 그치지 않았다. 응급수술 시간이 확정되지 않았다고 인지한 나는 불안한 마음을 달래

---

* 유리체란 안구의 내부를 채우고 있는 젤리처럼 끈적하고 투명한 콜라겐 조직으로, 눈 속에 출혈 혹은 염증이 있으면 혼탁해질 수 있다. 이럴 때 절제술로 망막과 연결된 부위를 절개하고 제거할 수 있으며, 필요한 경우 투명한 오일이나 액체를 채워 넣는 과정을 거치기도 한다.
** 면역 반응에 문제가 생겨 몸에서 만들어진 항체가 스스로를 항원(antigen, 유해물질)으로 인식해 공격하는 이상 현상을 뜻한다.

기 위해 무심코 귤을 까먹었고, 이 사소한 실수 때문에 당장 전신마취를 할 수 없어 오후 4시가 다 되어서야 수술방에 들어갈 수 있었다. 전신마취 수술은 음식물이 위에 남아있을 경우 마취로 의식이 사라지면서 음식물이 기도로 넘어가 위험한 상황이 생길 수 있기 때문에 8시간 이상의 금식 시간을 꼭 지켜야 한다. 인턴 때도 수술이 필요한 환자들에게 'NPO(Nothing per oral, 입으로 먹는 건 절대 안돼!)'를 신신당부했으면서도, 아무 생각 없이 음식물을 입으로 넣어버린 나 자신이 부끄럽기도 했고, 또 나의 부주의로 늦은 오후 시간으로 수술이 미뤄져 의료진들에게도 미안한 마음이 들었다. 그렇게, 나는, 또다시 차가운 수술대 위에 눕게 되었다. 예상하지 못한 채로, 그토록 갑자기.

○

끔찍했던
두 번째 응급수술

대학병원에서 갑자기 응급수술을 해야 하는 경우, 상당히 복잡하고 어려운 절차를 거쳐야 한다. 우선 환자의 상태가 전신마취에 적합한지 아닌지 확인하는 검사를 해야 하고, 이미 꽉 차 있는 병원 스케줄에 응급수술을 어떻게든 쑤셔 넣어야 한다. 담당 주치의는 환자 상태를 빨리 파악(전신마취하기 곤란한 의학적 질환이 있다면 관련 전문과와의 빠른 협진을 통해 어떻게든 안전한 상태로 수술할 수 있도록 조치해야 한다)하기 위해 여기저기 부탁해야 하고, 수술 스케줄과 수술방을 관리하는 마취과에 수술방을 열어달라고 거의 빌다시피 읍소해야 한다. 그러는 동시에 재빠르게 환자와 보호자에게서 수술 동의서를 받고, 환자의 수술 부위를 네임펜으로 표시한 뒤 병원 컴퓨터 시스템으로 수술 신청을 하고, 전산 처리가 완료되었는지 수시로 확인하며, 처리가 늦어질 경우 전산팀에 연락해 재차 요청해야 한다.

뿐만 아니라 수술 전과 도중, 그리고 후에 필요한 약제나 시술 처방을 내고, 실수가 없도록 병동 간호사에게도 단단히 일러두는 작업을 해야 한다. 병동 간호사도 바쁘긴 마찬가지다. 전신 마취와 수술 도중 어떤 상황이 생길지 모르기 때문에 굵은 바늘로 수액 라인을 다시 잡은 뒤 환자를 수술복으로 갈아입혀 이동식 침대에 옮긴 후, 시간에 맞춰 수술방에 데려가 줄 이송 사원 선생님을 부른다. 모두가 환자 한 명을 위해 몸이 10개라도 모자란 노고를 겪는다. 이 모든 과정을 너무나 잘 알기에 나는 나의 사소한 부주의로 수술 시간이 바뀌게 된 상황에 대해 맨 먼저 담당 전공의에게 미안한 마음이 들었다.

이동식 침대에 누워 수술방으로 끌려가는 내내 안일했던 나의 행동에 대해 반성했다. 멀리 걱정스러운 눈으로 날 보내던 엄마가 이내 시야에서 사라지고, 침대 이송 사원 선생님이 차갑게 식은 내 발에 이불을 끌어다 덮어주었다. 낭떠러지에 홀로 서있는 것만 같은 순간에 따뜻한 손으로 잡아주는 듯한 이런 배려가 눈물이 날 만큼 고맙게 느껴졌다. 모든 것이 간절해진 나는 수차례 읊조렸다. '하느님, 제발 더 나빠지지만 않게 해주세요. 이번 수술이 잘 되면, 앞으로 정말 착하게 살게요.'

간절한 마음이 채 가시기도 전 내 몸은 차가운 수술대 위로 옮겨졌다. 하얀 천장과 시릴 만큼 밝은 수술방 조명이 마치 심판대에 오른 죄인을 비추듯 냉정한 기운을 뿜고 있었다.

나는 눈을 지그시 감았다. 나를 뺀 주변은 온통 복잡스럽고 요란했다. 이 공간에서 당장 수행할 임무가 부재한 사람은 나뿐이었다. 침을 꿀꺽 삼키며 불안한 마음을 애써 삼켜보려 노력했다. 살면서 두 번째 겪는 전신마취 수술이 너무나 어색하고 남의 일같이 느껴졌다. 아니, 한쪽 시력을 잃은 이 모든 과정이 다른 세상일처럼 비현실적이었다. 소설이나 영화 속에서만 가능한, 아니 꿈속에서만 가능한 그런 종류의 일 같았다.

누군가 나를 불렀다. 스머프처럼 모두 똑같은 파란 수술복과 빵모자, 마스크를 낀 상태라 누가 나를 부른 건지 알 수가 없었다. 내가 헤매는 걸 눈치챘는지, 누군가가 내 어깨를 다정하게 잡으며 말했다. "누나, 저 상훈이에요. 잘될 거니까 걱정하지 마세요." 의과대 학생 시절 친하게 지냈던 후배가 이제 어엿한 마취통증의학과 치프가 되어 나를 안심시켰다. 잔뜩 긴장한 탓에 대답도 하지 못하고 나는 그저 한쪽 눈으로 눈물만 흘렸다.

"타임아웃Time out* 하겠습니다. 환자분 성함이 어떻게 되시죠?"

"서연주요."

"등록번호 확인하겠습니다. 21837991……"

"수술 부위와 수술명 알고 계시는가요?"

"왼쪽 눈 감염으로 탐색술이요……"

"네, 마취 시작하겠습니다."

마취를 알리는 소리와 함께 세상이 온통 아득해졌다. 그렇게 두 번째 수술이 시작되었다.

○

* 마취 유도 전 수술에 참여한 의료진이 환자의 이름과 수술 부위, 수술명 등을 구두로 확인하는 절차.

마약성 진통제를 찾아
울부짖는 의사

"악!"

중환자실 한쪽 구석에서 타는 듯한 고통에 놀라 소리를 질렀다. 오후 늦게 시작한 수술은 늦은 밤이 되어서야 끝났고, 나는 회복실이 문을 닫아 중환자실로 옮겨진 상태였다. 전공의 시절 하루에도 몇 번씩 드나들던 중환자실에서 환자가 되어 눈을 뜬 순간, 피부로 느껴지는 공간의 차가움과 낯섦은 어떤 상황인지 감지할 틈도 주지 않은 채 나를 짓눌렀다. 주위를 두리번거리며 가까스로 정신을 차렸지만, 이내 좌측 안면부와 두피 쪽으로 생전 처음 느껴보는 높은 강도의 강렬하고 타는 듯한 두통이 느껴져 얼굴이 마구 일그러졌다. 날카롭게 찢기는 듯한 고통 때문에 마치 얼굴이 불에 타는 것만 같았다. 고통의 원인이 무엇인지, 언제 끝날 것인지, 어떤 규칙을 가지고 반복되는지 등 전혀 예측할 수 없는 고통의 공격에 극단의 두려움을 느꼈다.

닿기만 해도 통증이 심해 머리 주변으로 감히 손을 갖다 대지도 못하고, 엉거주춤한 자세로 울부짖으며 도움을 청할 수밖에 없었다. 고통스러워하는 환자의 곁을 지키며 밤을 지새우던 내가, 그 익숙하고도 슬픈 중환자실 구석에서 환자복을 입은 채 고통에 몸부림치며 소리를 지르고 있었다. 중환자실에 근무하는 간호사 중에 모르는 얼굴이 없다고 생각했는데, 그날따라 아는 분이 한 분도 보이지 않았다. 이렇게 고통스러워하는 나를 두고 각자의 환자를 바쁘게 돌보느라 정신이 없는 의료진을 보고 있자니 한편 이해가 되면서도 야속한 마음이 들었고, 업무 중인 그들과 고통에 울부짖는 여러 환자들 중 하나인 나 사이에 느껴지는 괴리감에 좌절이 몰려왔다.

그렇게 얼마나 버텼을까. 고통에 울부짖던 나는 침대에 실려 병동으로 올려졌다. 병실로 이동하는 복도에서 나는 미친 사람처럼 "진통제…… 제발…… 모르핀 주세요……"라며 마약성 진통제를 찾았다. 소식을 듣고 올라온 담당 전공의와 간호사 그리고 엄마는 생전 처음 보는 나의 모습에 깜짝 놀란 듯했다. 나의 다급한 요청에도 고통의 원인을 확인해야 했던 의료진은 연신 반복해 눈을 떠보라고 했다. 안압이 올라서 두통이 생긴 거라면 뇌출혈이나 뇌 손상 같은 중증 상황이기에 담당 전공의는 쉴 새 없이 눈물이 흐르는 내 눈을 벌려 안압계를 대고 반복해서 버튼을 눌렀다.

삐빅 삐빅, 삑—

안압은 잘 재지지 않다가 여러 시도 끝에 정상 수치로 나왔다. 그렇다면, 생전 처음 느껴보는 이 강한 통증의 원인은 무엇인가. 나는 더욱 불안해졌다. 담당 전공의 선생님을 붙잡고 안압을 잘 못 잰 것 아니냐고 다시 한번 재보라고 재촉했다. 내가 의사일 때 가장 싫어했던 행동을 환자가 된 내가 거침없이 하고 있었다. 원인을 알 수 없는 통증이었기에 나도, 담당 전공의도, 담당 전문의도 모두가 절박하고 안타까운 건 마찬가지였다.

고통이 너무 셌기에 진통제 투여에 대해 의견이 나왔다. 하지만 마약성 진통제는 필요에 따라 바로 맞을 수 있는 종류의 것이 아니었다. 우선 의료진이 판단해 컴퓨터 프로그램으로 처방하면 간호사가 확인 후 약국에 연락하고, 약국에서 약을 준비하면 사원 선생님이 그 약을 타 병동에 전달해야 비로소 내가 그 약을 접할 수 있었다. 아무리 빨라도 30분은 소요되는 그 시간의 공백이 너무 끔찍하게 느껴졌다. 인턴이었을 때 진통제가 필요하다는 환자 상태의 노티를 늦게 보거나 깜빡했던 순간들이 떠올랐다. 그때 환자들이 얼마나 아팠을까. 내가 정말 무심했구나. 이렇게 고통스러운데 난 그것도 모르고.

세상엔 직접 경험해본 후에야 깨닫게 되는 것들이 이토록 많다. 언제 끝날지 모르는 화마 같은 통증에 속수무책 없이 당하면서 하염없이 진통제를 기다렸다. 3초든, 3분이든 온몸이 찢기는 듯한 고통을 견디는 일은 정말 끔찍한 경험이었다. 얼마나 지났을까. 그렇게 온몸과 정신이 불에 타 검은 재로 변한 뒤에야 진통제를 맞을 수 있었다. 그리고 식은땀에 흠뻑 젖은 채 스르르 잠에 빠져들었다.

○

6인실의
마리아 여사님

　중환자실과는 달리 병동에는 담당 주치의와 담당 간호사, 그리고 엄마가 계신다. 통증의 정도가 줄어들지는 않았지만 의지할 사람들이 있다는 것 그 자체로 불안이 줄어든다. 하지만 몸의 고통은 여전했다. 태어나 처음 겪는 정체불명의 강렬한 고통에 나는 비명을 지르고 흐느꼈으며, 속수무책으로 당하고 마는 그런 나의 모습에 엄마는 그저 발만 동동 구를 뿐이었다. 그때, 같은 병실의 90대 할머니 환자를 병구완하던 70대 여사님이 내 옆으로 오셨다. 본인을 '마리아'라고 소개하셨는데, 내 입장에서는 환자와 간병인 두 분 다 비슷한 연배라 누가 누구를 돌본다는 것 자체가 신기하게 여겨졌다.

　함께 입원실을 쓰는 초반, 잠시도 쉬지 않고 말다툼하

는 두 분을 보며 마리아 여사님을 환자에게 못되게 구는 나쁜 간병인이라고 생각했던 적이 있었다. 참지 못한 내가 "조용히 좀 해주세요!"라고 소리를 지르기도 했으니 말이다. 그러던 어느 날 고통으로 몸부림치며 눈물을 흘리고 있는 내게 누군가 조용히 다가왔다. 마리아 여사님이었다. 여사님은 눈물로 범벅이 된 내 얼굴을 손수 닦아주시며 조용히 읊조리셨다. "성모 마리아님, 자비를 베푸소서, 자비를 베푸소서, 자비를 베푸소서……" 생면부지의, 그것도 내가 마음으로 미워하던 타인이 나를 곱게 쓰다듬으며 온 마음을 다해 기도해주고 있었다.

기도의 효과는 실로 굉장했는데, 실제로 고통의 강도가 줄지는 않았더라도 그것을 견디게 해주는 힘은 상상 이상이었다. 상처 입은 마음이 치유되는 것처럼 억울하고 두려운 마음이 수그러들자 나를 집어삼킬 듯 강렬했던 두피와 좌측 안면부의 불타는 듯한 고통도 서서히 잦아들었다. 진통제가 도착할 때까지 마리아 여사님은 자신의 눈에서 흘러내리는 눈물을 훔치며 고통이 조금이라도 덜어질 수 있도록 내 곁에서 진심을 담아 기도해주셨다.

기진맥진해진 몸에 진통제가 들어가자 고통에 지친 나는 어느새 잠이 들었다. 마리아 여사님은 내가 잠든 뒤에도 엄마의 어깨를 끌어안고 손을 꼭 붙잡은 채 위로해주셨다고 했다. 아무리 좋은 명약이라도 진심이 담긴 위로보다 강력한 힘을 지닐 수는 없음을 알게 된 순간이었다.

무슨 일이든 사람과 사람이 만나는 일은 마음과 마음이 맞닿는 일이다. 그것이 설사 부모와 자식처럼 피를 나눈 사이가 아니라도 의사와 환자, 타인과 타인 같은 낯선 관계에서, 경계를 허물고 진심을 담아 마음을 내어줄 때 상처로 가득한 마음이 금세 평온을 되찾게 된다. 어쩌면 그 때 나에게는 그 어떤 강력한 진통제보다 온전한 위로가 담긴 부드러운 손길이 필요했던 것 같다.

　나중에 들은 바로는 할머니 환자분과 여사님은 오랫동안 함께해 온 가족 같은 사이라고 했다. 환자분과 자주 싸운 건 잘 드시지 않는 할머니를 어떻게든 드시게 하려는 노력이었고, 매일 반복되는 씨름에 지칠 법도 한데 여사님은 절대 할머니 환자분을 포기하지 않았다고 했다. 정성을 다해 간병하는데도 환자의 회복이 더뎌 퇴원이 취소되고, 소변에서 항생제 내성균이 나오기도 했지만 여사님은 불평 한마디 하지 않았다. 마리아 여사님은 환자를 아끼는 좋은 간병인이었다. 어쩌면 환자분도 마리아 여사님을 보기보다 더 의지하고 계신 것이 아닐까 하는 생각이 들었다. 내 상태가 급변하면서 여사님과 헤어지게 됐지만 지금도 그 따뜻했던 손의 온기가 남아있다. 부디 환자분도, 여사님도 건강하시기를. '여사님, 평생 잊지 못할 온기를 주셔서 감사합니다.'

날려버린blow-out
골절 성형수술

사고로 망가진 것은 왼쪽 눈뿐만이 아니었다. 사고의 경위는 알 수 없었지만, 헬멧을 쓰고 있었음에도 얼굴뼈 대부분이 깨지고, 뇌출혈까지 발생하며 기억까지 잃을 만큼 큰 충격이 있었다. 사고 당시 나는 눈, 코, 입으로부터 엄청난 양의 피를 흘렸고 그 때문에 입고 있던 옷에서는 피비린내가 진동했다. 안구 주변을 둘러싼 안와, 부비동, 코뼈까지 으스러진 상태였지만, 외관으로 보이는 것은 왼쪽 팔자 주름 부위에 1cm가량 벌어진 상처가 전부였다. 영상검사에서는 추락의 충격으로 뭉개진 안구가 밀려나 중뇌 바로 앞까지 닿아있었다고 했는데, 조금만 더 밀렸으면 호흡 중추가 망가져 생명이 위험할 뻔했다고 했다. 얼굴 안쪽은 이렇게 온통 엉망이었는데 겉으로

○

드러난 것은 고작 1cm짜리 찢어진 상처가 전부라니. 생과 사를 오간 것치고는 다소 소박한 상처였다.

성형외과에서 판단한 나의 사고 진단명은 양측 안와 골절과 코 및 좌측 광대 복합골절이었다. 안와골절을 blow-out fracture이라고 하는데, 강력한 외상으로 인한 충격으로 안와 내압이 급격히 증가하면서 안와를 둘러싼 외벽에 골절이 생기는 것을 뜻한다. 의과대 학생 때는 골절상을 말할 때 왜 'blow-out'이란 표현을 쓸까 의아했는데, blow-out을 한글로 옮겼을 때 '날려버리다'라는 뜻이니 지금 내 얼굴의 상태를 이보다 더 정확하게 표현할 수는 없겠구나, 하는 생각이 들었다.

얼굴뼈가 온통 부서져버려 음식을 씹는 것도 힘들었지만, 그럼에도 바로 수술을 할 수 없던 이유는 당장 터진 안구를 봉합하고 온전한 눈으로 감염이 번지지 않도록 관리하는 것이 먼저였기 때문이다. 그리고 난 뒤, 골절 2주 안에 조각난 얼굴뼈를 맞추는 수술을 해야 했다. 다행히 안과, 감염내과 선생님들의 세심한 노력과 재빠른 조치 덕분에 안구의 급성기 감염 위험에서는 어느 정도 벗어날 수 있었고 감염 위험에서 벗어날 때쯤, 나는 안과에서 성형외과로 바로 토스되었다.

담당 성형외과 교수님은 주니어 연배의 선생님으로 내 상처를 살피시더니 이렇게 골절 부위가 방대하고 심각한 경우는 흔치 않아 어떻게 수술을 해야 할지 고민이 많이 된다며 계획을 잘 짜보겠다고 하셨다. 수술은 예상보다 오래 걸렸다. 6시간 반이 넘는 시간 동안, 부모님은 내 얼굴에 무슨 일이 생겼을까 발을 동동 구르며 마음을 졸이셨다.

하지만 정작 내게 중요한 것은 얼굴 상태가 아니었다. 수술이 늦게 끝나 회복실 대신 중환자실에서 깨어났는데, 수액이 계속 들어가는데다 오랜 시간 소변도 보지 못해 방광이 터질 것만 같았다. 소변통을 받아 힘을 주어 시도해봤지만 어쩐 일인지 터질 것 같던 소변은 전혀 나오질 않았다. 너무 고통스러웠다. 예전에 내과 인턴을 할 때 스스로 소변을 누지 못하는 환자들을 볼 때면 잘 이해되지 않았다. 자연스럽게 마음을 비우고 기다리면 나올 수 있는 것인데 굳이 빨리 소변줄을 껴서 소변을 빼달라고 하는 다급한 요청이 때로는 유난처럼 느껴졌다. 하지만 직접 경험해보니 이것은 차원이 다른 고통이었다. 그때 환자들이 왜 그럴 수밖에 없었는지, 어떤 마음까지 감수하면서 그런 요구를 했는지 비로소 알 것 같았다.

단순히 붕대를 감아달라는 게 아니라 스스로 소변을 눌수 없어 다른 사람의 손까지 빌려 누겠다고 하는 건 '오죽하면'의 영역이었다. 이는 자존감과 관련이 있었다. 의사라고 다르지 않았다. 참고 참던 나는 도저히 더는 견딜 수없어 창피를 무릅쓰고 중환자실 간호사 선생님에게 '넬라*를 해달라고 간절히 부탁했다. 안 그래도 늦은 시간대 환자가 몰려와 정신없이 움직이던 간호사 선생님은 한숨을 푹 쉬며 다가와 내 다리 사이로 넬라를 넣어 소변을 빼주었다. 터질 듯 부풀었던 방광이 점차 비워지자 안도의 한숨이 나왔다. 간호사 선생님께는 미안했지만 고통에서 해방되자 홀가분함은 이루 말할 수 없었다.

시원함과 피로감이 몰려오자 온몸의 기운이 스르르 빠져나갔다. 그런데 그렇게 눈을 감고 있는데 마음 한구석이 개운치 않았다. 소변줄을 낀 채 누워있는 나의 처지도 그랬지만 실은 과거의 내가 떠올라서였다. 의사로 일할 때 막연히 '다치더라도 이것만은 절대 하지 말아야지. 너무 수치스러우니까'라고 생각했던 것들이 떠오르며 내가 정말 형편없었구나, 자만했구나, 하는 생각이 들었다. 사람 일이란 이렇게 어떻게 될지 모르는데 교만하게도 나는 절대 이런 일은 겪지 않을 거야, 이런 불행이 나에게 올 리 없다고 장담한 것이 부끄러웠다.

큰 사고를 통해 지금껏 모른 척하거나 몰랐던 환자의 입장을 하나씩 경험하니 무심했던 과거의 내 모습이 반

○

---

* 넬라톤 카테터Nelaton's catheter의 병원식 줄임말. 단순 도뇨를 위해 방광을 비우는 목적으로 시행하는 카테터이다. 유연성과 탄력성을 가진 고무로 만들어져 요도를 통해 방광으로 삽입해 소변을 바깥으로 빼낼 수 있다.

성이 되고 후회가 몰려왔다. 옛 어른들 말이 맞았다. 인생사 알 수 없으며, 지금 머무는 그 자리가 영원하지 않다. 그러므로 지금의 나에게 감사하며, 주어진 것이 무엇이든 감사해야 한다는 말씀 말이다. 무엇이든 고칠 수 있고, 이겨 낼 수 있다고 믿었던 과거의 내가 얼마나 자만했는지. 역시 인생이란 알 수 없으며 매 순간 깨달음의 연속이라는 걸 다시금 느낀 하루였다.

○

얼굴이 터질 것 같았지만
말할 수 없어

수술을 마치고 나온 내 얼굴은 누가 봐도 성형수술을
한 듯했다. 코와 눈에 붕대와 테이프를 칭칭 감고 있는 모
습이 영락없이 미용 성형수술 후 강남 거리를 활보하는
사람 같았다. 코뼈가 무너질 수도 있어 얹어놓은 보형틀
은 딱딱해 불편하게 느껴졌다. 하지만 진짜 문제는 수술
이틀 차부터 시작됐다. 수술한 얼굴이 마구 붓기 시작한
것이다. 오후 회진을 돌러 오신 교수님은 상태를 보시곤
얼음찜질을 하고, 더 붓는 것을 막아야 하니까 얼굴을 심
장보다 높게 위치시키라고 하셨다.

성형외과는 전공의 없이 스텝Staff* 두 명으로만 운영되고

---

* 대학병원에서 교수 트랙을 밟는 교원을 뜻한다.

있었다. 전공의라 함은 해당과 전문의가 되기 전, 수련 과정을 밟는 의사를 뜻하는데 인턴 1년 과정, 레지던트 3년 혹은 4년 과정이 이에 해당한다. 전공의의 경우, 근무 환경이 매우 열악하고 주치의뿐 아니라 수많은 노티와 콜을 받으며 야간 당직, 응급실 당직을 병행해야 한다. 의사들끼리 하는 말로 소위 '인턴은 병원 바닥보다 아래다' '인턴은 3신이다. 잠신, 등신, 병신'이라는 말이 있을 정도로, 최저 시급에 버금가는 낮은 임금을 받으며 일과 수련을 해야 하는 아주 힘든 과정에 있는 사람들이라고 할 수 있다.

그나마 지금은 '전공의 특별법'**이라는 것이 생기며 근무 시간을 일주일 최대 88시간으로 제한하고 있지만, 대한민국의 근로자의 법정 최대 근로 시간인 52시간에 비하면 과도하게 긴 시간이다. 흔히 알고 있는 '오프off'는 하루 전체를 쉬는 연차의 개념이 아니다. 전공의의 오프는 정규 낮 근무 후 저녁에 퇴근할 수 있는 자유를 뜻한다. 일반 직장인이라면 당연한 퇴근이 전공의에게는 특혜로 주어지는 것이다.

오프가 아닌 당직일 때에는 서른여섯 시간 연속 근무

○

** 전공의 수련환경 개선 및 지위 향상을 위한 법률(약칭: 전공의법) 일부개정안: 전공의에게 4주의 기간을 평균하여 일주일에 80시간을 초과하여 수련하게 하여서는 아니 되며 다만, 교육적 목적을 위하여 일주일에 8시간 연장이 가능하다고 규정하고 있다.

를 하고 나서야 겨우 일을 멈출 수 있는 자유가 생긴다. 그런데 그마저도 누리기 쉽지 않다. 어마어마한 업무량을 제시간에 수행하지 못하거나 퇴근 시간 무렵 응급환자라도 생기면 오프는 날아가고 만다. 심지어 이 정도의 업무 강도는 많이 나아진 것이다. 전공의법이 생기기 전까진 백일 연속 당직제가 있었고, 겨울에 병원에 들어가 벚꽃이 피는 봄이 되어야 겨우 밖으로 나올 수 있었다는 우스개는 선배 의사들로부터 내려오는 공공연한 전설이었다. 계절이 바뀐 줄도 모르고 겨울 패딩을 입고 따뜻한 벚꽃 거리를 활보하는 전공의를 보고 사람들이 미친 사람으로 보더라는 '라떼' 이야기는 웃프게도 전혀 과장이 아니었다.

전공의 특별법으로 근무 환경이 나아지긴 했지만 담당 환자가 생기는 레지던트 1년 차에는 오프여도 퇴근하지 못하고, 주말에도 당연히 병원에 나오는 것이 일상이다. 환자가 되어보니 이렇게 꾸준히 병원을 지켜주는 전공의들이 얼마나 환자 안전에 지대한 영향을 미치는지 알 수 있었다.

내가 입원한 병원의 담당 과에는 전공의 없이 스텝으로만 운영되다 보니 주말은 나 홀로 '무의촌'에서 버텨내야 하는 시간이다. 때문에 인턴 선생님이 아직 능숙하지 않은 단계라 드레싱을 생략하거나 얼굴에 테이프를 엉망으로 붙이고 가는 통에 엄마는 화를 내며 눈물을 글썽거렸고, 인력이 부족한 주말 병원의 바쁜 상황을 잘 아는 나는 그런 엄마를 조용히 달래기에 바빴다.

하지만, 한편으론 지금은 환자의 입장이기에 얼굴이 풍선처럼 부풀어 오르며 시작되는 통증이 참 견디기 힘들었다. 뭔가 잘못된 것은 아닐까, 실밥이 터지는 것은 아닐까 같은 불안이 자꾸만 날 조급하게 만들었다. 터질 듯 부어오른 얼굴은 손을 대지 못할 만큼 아팠고, 입을 벌리기가 버거워 음식을 입에 넣을 수조차 없었다. 먹어야 회복할 수 있기에 과일을 조각조각 잘게 잘라 입술 틈 사이로 밀어넣었다. 엄마는 찜질용 얼음이 녹을세라 연신 간호사실에서 새 얼음을 타다 주었고, 나는 부기를 가라앉혀야 한다는 생각에 피부의 감각이 사라지도록 필사적으로 얼음을 대고 있었다.

교수님의 말씀처럼 심장보다 머리를 높게 두기 위해 침대를 의자처럼 세우고 3일 내내 앉아서 잠을 잤다. 잠이 제대로 들 리 만무했다. 부어오른 얼굴은 터질 것 같았고, 줄곧 앉은 자세 때문에 체중을 지탱하느라 꼬리뼈의 통증은 수그러들지 않았다. 이렇게 고생스럽게 시간을 보내고 나니 누워서 잘 수 있다는 것이 얼마나 감사하고, 대단한 일인지 마치 축복되럼 여겨졌다. 온몸이 통증을 유발하고 있는데다, 잠까지 제대로 자지 못해 스트레스를 받은 나는 괜스레 엄마에게 짜증을 내며 엉덩이와 뒤통수에 받칠 푹신한 인형을 갖다달라고 졸랐다. 이런 사소한 것도 스스로 할 수 없다는 것이 통증보다 나를 더 아프고 힘들게 했다.

주말이 지나고 월요일이 되어 교수님이 회진을 오셨다. 교수님은 나를 보시곤, "아니, 왜 이렇게 부었어요? 담당 간호사 통해서 말을 하지! 근무하던 병원 의사라 불편해서 말 못 했구나?" "그냥요…… 병원 사정 뻔히 아는데요, 뭘……."

환자에게 안전한 병원이 되려면 충분한 역량을 갖춘 전문의 중심의 진료 체계가 만들어져야 한다. 밤에도 낮에도 환자에게 문제가 생기면 전문의의 빠른 결정과 조치가 가능한 체계가 안전한 진료 환경이다. 하지만 우리나라의 경우 국가에서 의료가격을 결정하고 통제하다보니 의료행위에 비해 터무니없이 낮은 수가가 책정된다. 내가 담당하고 있는 내시경의 경우만 봐도, 영국 영리병원은 3,691달러(공공병원은 540달러)이고, 미국은 2,933달러, 일본은 113달러로 책정된 데 비해 한국은 33달러에 그친다. 그러다보니 병원 운영상 경영자들이 충분한 숫자의 전문의를 고용할 여력이 없고, 수련을 볼모로 어린 전공의들을 값싼 가격으로 착취하는 구조가 만들어지는 것이다.

심지어 전공의 숫자가 부족한 과의 경우 야간이나 주말에 병원을 지킬 의사가 없어 환자가 보호받지 못하는 일도 발생한다. 더 큰 문제는, 비용이 많이 들어가는 응급 중증 의료 영역의 경우, 의료 행위를 하면 할수록 적자가 나는 아이러니한 상황이 벌어진다. 병원의 의료 행위로 발생한 적자를 장례식장이나 푸드 코트로 메운다고 하니 의사로서 여러 생각이 들지 않을 수 없다. 그러다 보니 당연히 생명과 직결된 바이탈 중증 의료 분야 인력 채용에 인색하고, 게다가 근무 환경도 열악해 의사들 사이에서는 기피 대상이 된다.

세계가 인정하듯 우리나라의 의료수준은 가히 세계 최고다. 심지어 의료계 종사자들은 성실하기까지 하다. 실제로 동료들을 보면 다들 자기 삶은 언제 챙기나 싶을 정도로 병원 일에 집중하고 똑똑한 인재가 많다. 이렇듯 개인의 열정과 역량은 충분한데 시스템은 개선하지 않고 자꾸 사람을 갈아 넣는 것에 의존하는 것이 아쉽다. 의사들이 환자들을 돌보는 데에만 더 집중할 수 있게 진료환경이 만들어 지면 좋을 텐데. 얼굴이 너무 부어 통증까지 느껴졌지만 나는 수많은 생각으로 머릿속 복잡했다. 의사가 아니라 그저 환자였다면 어쩌면 고통을 참지 않아도 됐을 것이다. 하지만 나는 의사와 환자 사이에서 그 어떤 간극도 좁히지 못한 채 내 인생 가장 불안했던 주말을, 그렇게 아무 말하지 못하고 지냈다.

오늘
퇴원합니다

정신없이 구급차에 실려온 지 어느덧 19일이 지났다. 병원에서는 아직 수술 부위가 다 아물지 않아 밴딩도 해야 하고 안정도 필요하지만 이 정도면 통원 치료가 가능할 것 같다며 퇴원하는 게 어떻겠냐고 물었다. 집에서 회복하며 일상에 적응을 좀 하다 다음 수술을 진행하는 게 더 낫겠다는 의견이었다. 앞으로 남은 수술들은 미용과 기능 목적의 간단한 수술들이라 교수님 말씀대로 해도 괜찮을 것 같았다. 덕분에 병원 안에만 갇혀 지내야 했던 엄마에게도, 영문도 모른 채 엄마를 잃어야 했던 우리 집 강아지 만두에게도 희소식이 전해졌다.

독립 후 한 달에 한 번 정기적으로 가족과 저녁 식사하는 날이 있었는데, 공교롭게도 그 날짜인 25일에 퇴원을 하게 되어 가족과의 저녁 약속도 지킬 수 있게 되었다. 퇴원을 결정하고 나가기로 마음을 먹으니 좋기도 하고 두렵기도 한 복잡한 감정이 밀려왔다. 퇴원을 하는 건 분명좋은 일이었지만 막상 병원을 떠나자니 괜스레 열도 나는 것 같고, 눈에서 피도 나는 것 같고 몸 어딘가가 아직은 완벽히 아물지 않아 불안한 느낌이 들었다. 전공의 시절, 환자들에게 퇴원 고지를 하면 간혹 꾀병을 부리는 환자가 있었다. 지겨운 병원에서 건강해져 나가게 되는데어째서 그러는 걸까 하고 의아했었는데 그 환자의 마음이 단번에 이해가 되었다. "저 진짜 가도 돼요?"라고 미심쩍게 물어보는 환자에게, "익숙한 환경으로 돌아가 일상생활을 잘하는지 보는 것도 치료의 연장입니다"라고말하곤 했는데, 이 말은 사실이었다. 환자가 일상생활에서 지장 없이 지내는 것이 치료의 목적이니까.

퇴원을 앞두고 '한 눈으로 일상생활 적응하기'라는 최대 미션을 정했다. 예쁜 안대도 사두었다. 퇴원일 새벽, 잠에서 일찍 깨어나 평소에 듣지도 않던 쇼팽 연주곡을듣다 눈물이 났다. 만감이라는 게 이런 감정인가 싶을 정도로 말로 표현할 수 없는 감정들이 몰려왔다. 엄마에게는 음악 때문이라고 민망해서 둘러댔지만, 그런 것치곤몹시 뜨거운 눈물이었다. 퇴원해 일상으로 돌아가는 날을 그토록 기다렸는데, 막상 그 순간이 오니 마음이 온통 복잡했다. 믿고 의지하던 병원을 떠나는 것에 대한 두려움인지, 앞으로 평생 안고 갈 장애에 대한 막연함 때문인지, 아니면 새롭게 적응해야 할 일상에 대한 막막함 때문인지 알 수 없었다.

짐을 챙기고 익숙했던 공간을 빠져나오자, 차가운 공기가 단숨에 폐로 들어왔다. 겁이 나긴 하지만 병원 문을 힘껏 밀었다. 내가 퇴원 고지를 했던 환자분들도 이런 심정이었으려나. 병원 문에 비친 내 얼굴이 생경했다. 출근하며 비춰보던 다치기 전의 나와 많이 달라진 내가 그 안에 있었다. 얼굴엔 붕대 테이프가 덕지덕지 붙어있고, 한쪽 눈은 감은 채.

"받아들여야지." 짧은 한마디와 함께 걸음을 뗐다. 짐을 챙겨 본가로 가기 위해 병원에서 5분 거리에 위치한 자취방으로 향했다. 비밀번호를 누르고 들어가자 익숙한 나의 공간이 펼쳐졌다. 말을 탄다는 설렘에 급하게 짐을 챙겨 강원도로 향하던 장면이 눈에 그려졌다. 나의 공간에는 아직도 정리하지 못한 빨래가 세탁기 안에 덩그러니 담겨 있었다. 멈춰버린 나의 스무 날을 증명이라도 하듯이.

엄마가 짐을 챙기는 동안 힘들다는 핑계를 대고 침대에 누웠다. 고된 병원 근무를 마치고 지쳐 잠이 들 때 봤던 익숙한 천장 풍경이었다. 한쪽 눈을 잃었으니 풍경도 반만 보일 줄 알았는데, 생각보다 많은 부분이 눈에 들어왔다. 다행이었다. 너무 보고 싶었던, 그립고도 익숙한 풍경이었다. 모든 것은 그대로인데, 나는 많이 바뀌었구나. 정리되지 않은 내 방처럼 나의 현재와 미래도 도무지 그려지지 않았다. 어디서부터, 어떻게 정리해 나가야 할까.

엄마의 재촉에 빠트린 짐은 없나 두루 살피며 문을 나섰다. 앞으로 나는 어떻게 되는 걸까? 도무지 예상이 되지 않는 미래를 향해 발을 뻗었다.

○

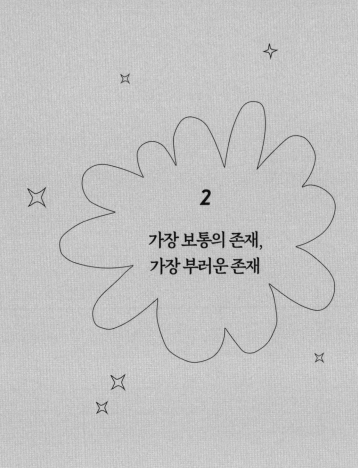

2

가장 보통의 존재,
가장 부러운 존재

작은 거인,
엄마

 나의 갑작스러운 사고 소식을 듣고 강원도로 내려온 엄마는 피투성이의 나를 만났지만 전혀 울지도, 슬퍼하지도 않았다. 그저 내 손을 가만히 따뜻하게 잡아주었다. 강원도에서 서울로 실려 가는 구급차 안에서도 엄마는 그렇게 내내 내 손을 꼭 붙잡고 있었다. 그때부터였던 것 같다. 엄마가 작은 거인처럼 느껴진 것은. 키가 작은 나보다 5cm는 더 작은 엄마인데, 어쩜 그렇게 커 보였는지. 병원 신세를 지는 내내, "내 딸은 내가 지켜야지" 하며 휠체어를 밀어주는 엄마에게 거대한 힘 같은 게 느껴졌다. 어쩌면 그것은 투지였을 것이다. 엄마는 그 흔한 원망이나 눈물 섞인 소리 한 번 내지 않고, 나를 위해 온 힘을 다하고 있었다. 하지만 그렇게 강한 엄마여도 어쩌다 울컥

하며 울음으로 목이 멘 소리를 내곤 했다. 우연히 SNS나 영상 플랫폼에서 두 눈 모두 건강하던 시절의 나를 만났을 때였는데, 엄마로서는 금이야 옥이야 키워 이제 행복하게 사는 것만 남았다고 생각했던 딸이 서른 넘어 갑자기 한쪽 눈을 잃게 됐으니, 결코 인정하기 힘든 비극이었을 것이다.

스무 살 무렵, 나는 내가 하는 공부의 성적이 잘 나오고, 사회적으로 성공해 윤택한 삶을 사는 것이 엄마를 행복하게 하기 위함이라고 생각한 적이 있다. 엄마는 매사 열심인 사람이었다. 자녀 뒷바라지에도 그러했는데, 나는 엄마의 열성적인 노력의 혜택을 누리면서도 본인의 삶은 희생한 채 자식 교육에만 매달리는 엄마가 한편으로는 고맙고, 한편으로는 안타까웠으며 또 한편으로는 부담스러웠다.

당시 나는 한 명이 아닌, 두 명 몫의 짐을 지고 사는 듯했다. 누군가에게 인정받고 만족시키려 악착같이 애쓰는 일은 때때로 내 자신을 갉아먹는 느낌이었다. 그렇게 오랜 세월 나뿐만이 아니라 다른 사람의 행복과 만족을 책임지는 일에 지쳐버렸고, 그것에 대한 반항으로 꽤 지독히도 엄마를 괴롭혔다. 하지만 지금 이 나이가 되어 가만히 돌이켜보니 가장 힘든 시기에 누군가를 탓하고 싶었고, 그 화살이 엄마에게 돌아갔던 것 같다. 사람은 심리적으로 내 고통을 덜기 위해 나를 가장 사랑해주는 사람에게 상처 주기를 선택하기 마련이니까. 하지만 모든 건 나의 오만불손한 착각이었다. 그 시절 엄마가 내게 바랐던 것은 그저 내가 아프지 않고, 행복하게 사는 것이었는데 말이다.

서른이 갓 넘었을 쯤, 나는 독립을 염두에 두고 있었다. 하지만 "이제 그만 독립할게요"라고 부모님께 선언하면, 되돌아올 대답은 뻔했다. 특히 엄마의 반대가 완강할 것이었는데 '아직 그럴 때가 아니다' '사고 칠까 봐' '돈이 많이 들어서' '걱정돼서 안 된다' 등 다양한 반대 의견이 예상되었다. 그럼에도 나는 독립 선언을 질렀고, 반대에 대한 설득도 준비했지만 돌아온 답변은 의외였다. "외로움 많이 타는 네가 혼자 살면 더 외로워할까 봐 걱정이야"라는 엄마의 따스한 염려만이 있었을 뿐, 두 분은 내가 독립하는 것을 힘을 다해 도와주셨다.

스물 초반 철없던 시절에도 엄마의 마음을 참 아프게 했는데, 서른이 넘어서도 사고를 치니 참 부끄럽고 죄송스러운 마음이다. 그동안 엄마의 사랑을 몹시도 몰랐고, 또 가끔은 밀어냈던 나 자신이 못나고 부끄럽기에 지금까지 받은 사랑을 조금씩 갚으며 회복해보려고 한다. 나의 회복이 단지 나만을 위한 것이 아니므로. 그리고 더 이상의 실수는 없어야 하고, 상처 주는 일은 없어야 하니까.

소비의
공허함

　요즘 나는 눈과 얼굴을 다쳐 당분간 화장하는 건 엄두
도 못 내면서 아이섀도나 아이라이너 같은 화장품을 연
신 검색하고 고른다. 또 긴 머리카락을 싹둑 잘라버렸으
면서 핀이나 고무줄 같은 헤어 액세서리를 괜히 갖고 싶
어 살핀다. 당분간 운동은 꿈도 꾸지 못할 걸 알면서도 운
동복이나 스포츠용품을 구경하고, 급기야 하지도 않는
요리에 쓰일 오일을 덜컥 사고야 만다. 그렇게 연거푸 결
제하고 집 앞에 열어보지 않은 택배 상자가 더 이상 둘
곳이 없을 만큼 쌓이면 그제야 상자를 하나씩 열어본다.
버선발로 뛰어가 맞이하는 것이 택배가 아니던가. 그런
데 아무런 감흥이 없다. '이건 언제 샀더라…… 왜 샀더
라……' 싶을 정도로 초면인 물건이 가득이다. 영 유쾌하

지 않은 나의 표정을 곁에서 지켜보던 엄마는 눈빛으로 나를 나무라면서도 안쓰럽다는 표정이다. 혹여 내가 옛 모습을 그리워해 이런 행동을 하는가 싶어 등짝을 때리는 대신에 찡긋 웃어 보인다.

엄마의 예상이 맞다. 나는 위로받고 싶고 즐겁고 싶다. 얼마 전 큰일을 겪었고 세상일이 내 마음대로 되지 않는다는 것을 매 순간 깨달으며 상처를 받고 있었다. 그래서 누구의 시선도 상관없이, 허락 없이 내 마음대로 골라 채울 수 있는 것들을 넘치도록 그러모으고 있었다. 나의 건강도, 일도, 관계도, 주변 상황도, 모든 것이 내 손에 쥐어지지 않았기 때문이다. 그것이 곧바로 후회를 불러온다고 하더라도 지독한 현실을 잊게 해주었기에 스스로 만족한다고 나 자신을 속이고 있었다.

다치기 전 나는 하고 싶은 것, 가지고 싶은 것을 어떻게든 노력해 가지던 사람이었다. 모든 것을 주도적으로 결정했고, 능동적으로 이끄는 사람이었다. 그런데 지금은 가혹하리만큼 내 마음대로 할 수 있는 게 없다. 그리고 언제든지 몸의 상태가 나빠질 수 있기 때문에 잔뜩 움츠리고 있다. 이런 나에게 나는 실망을 느끼고, 현실을 수시로 비관하기도 한다. 하루에도 수십 번 현실을 자각하고, 인정하자고 나를 달랬지만 마음은 천국과 지옥을 오가며 종잡을 수 없을 때도 있다. 내 마음속에 구멍이 생기고 있었다.

나는 채우고 싶었다. 이것이 나에게 최선이었다. 정확한 해결법이 아니라고 하더라도 한편으로는 해결되지 않는 나의 공허를 '소비'로 표출하는 것이 힘든 마음의 해소 본능이라는 차원에서 의미가 있다는 생각이 든다. 이는 환자인 나뿐만 아니라 일상을 사는 현대인이라면 흔히 보이는 패턴이기도 하다. 가장 빠르고 확실한 도파민의 생성은 심리적 만족으로 이어져 이 행위를 결코 끊어내기가 쉽지 않다. 하지만 언제까지 이렇게 살 것인가를 생각해보면 이는 결코 옳은 해결 방법은 아니다.

아이러니하게도 피하려고 하는 심리, 고통을 마주하지 않고 다른 것으로 덮어버리려는 회피 심리는 비로소 고통을 마주하고 인정할 때 안정을 얻을 수 있다고 한다. 그래서 오늘도 쉬운 만족감을 위해 소비 플랫폼에서 헤매는 나 자신을 되돌아보며 인정한다. 아, 내가 예전처럼 꾸미고 밖에 나가고, 운동을 틈틈이 하고, 잔뜩 요리해서 사람들과 함께 먹고 싶은 거구나. 그래, 그런 일상이 그리웠던 거구나 하고. 나 많이 힘들구나, 하고.

○

일상생활이 뭔가요,
먹는 건가요

　　퇴원 후 새롭게 넘어설 퀘스트를 "한 눈으로 일상생활
적응하기"라고 선언했기에, '일상생활'의 정의와 범주에
대해 생각하지 않을 수 없었다. 일상이란 무엇인지 따져
본다. '사고 전의 나로 돌아가는 것?' 그건 완벽히 불가능
하다. '사고 전의 내가 해오던 일들을 소화하는 것?' 그것
또한 아직은 시간이 필요하다. 내시경 업무는 말할 것도
없고, 많은 문서와 글을 읽고 쓰는 것 또한 아직은 벅차
다. '사고 전에 맺었던 다양한 인간관계와 사회생활들이
가능해지는 것?' 아직은 부담스러운 것이 사실이다. 아무
리 가까운 사이라고 해도 이런 나의 모습에 당황하지 않
을 재간이 없을 것이다. 그것이 놀람이든, 슬픔이든 무엇
이든 간에 아직 그런 반응에 어떻게 대비해야 할지 나조

차도 마음의 정리가 되지 않았다. 그렇다면…… '그래, 우선 스스로를 잘 간수하자.'

국어사전에는 일상을 '평상시의 생활'이라 정의하고 있다. 평상시의 생활을 시뮬레이션해본다. 우선, 여러 루틴 중에 존엄과 관련된 인간의 '기본 생활'부터 간수해보기로 한다. 입원 당시 병원 침대에 꼼짝없이 누워 엄마가 흘려주는 죽만 겨우 받아먹던 기간 동안 인간의 존엄을 지키는 삶에 대해 생각해본 적이 있다. 그때의 생각을 메모장에 적기도 했는데 옮겨보자면,

> 인간의 존엄은 상당히 근본적인 것부터 시작된다. '스스로 몸을 청결한 상태로 유지하는 것' '스스로 음식을 잘 씹어 삼키는 것' '필요한 만큼 잘 잠들고 잘 일어나는 것' 그리고……

이대로라면 나는 퇴원을 하고서도 일상의 절반 정도밖에 내 존엄성을 지키지 못하고 있었다. 얼굴에 남아있던 실밥을 모두 제거해 이제 세수나 샤워가 모두 가능한 상태였지만 엄마는 혹여 내 얼굴에 물이 묻어 상처 부위에 영향을 주진 않을까 노심초사하며 계속 내 머리를 감겨주셨다. 하지만 언제까지 조심하고 살 수만은 없지 않은가. 이제는 일상생활 독립을 위해 그리고 엄마의 해방을 위해

서라도 혼자 씻고, 머리도 감아야 했다. 이것은 일상으로 가기 위한 일종의 통과의례였다.

'그래, 일단 머리를 감자.' 화장실에 들어가 샤워기 앞에 앉았다. 불과 한 달 전까지만 하더라도 아무 일도 아니던 이 행위를 앞두고 비장한 파이팅까지 외쳤다. 손에 물이 닿는 감촉, 촤륵 - 얼굴을 감싸는 부드러운 물의 기운 그리고 예전과 달라진 얼굴의 윤곽을 덮는 보송한 비누 거품까지 손으로 많은 것을 더듬어본다. 새삼 많은 것이 달라졌음을, 많은 것이 나에게 어렵고 귀중한 일이 되었음을 깨닫는다.

완벽히 수행을 마치고 욕실을 나오자 엄마가 전혀 궁금하지 않았다는 표정으로 나를 힐끗 쳐다본다. 엄마의 눈이 '성공이지?' 하고 묻는 듯했다. 나는 대답 대신 싱긋 웃었다. '엄마, 봐봐. 내 얼굴에 남은 거품 없지?'

이제 시작이다. 한 눈 없는 서연주의 생활이. 조각나 흩어졌던 나의 일상을 하나씩 찾아 맞춰나갈 것이다. 많은 일이 도전이 될 것이다. 그것은 때로 장애라는 이름으로 불시에 나를 가로막을 테지만, 그래도 괜찮다. 시간이 조금 걸리더라도 꼼꼼히 보고 닦으면 되니까.

○

첫 연말
밤 외출

다친 후 처음으로 어둑한 밤거리로 나섰다. 다치기 전 소중한 친구와 함께하는 따스한 연말을 기대하며 예약을 해두었던 것인데, 현재 상태로는 무리라는 걸 알면서도 포기하기가 싫었다. 막상 날짜가 다가오니 과연 갈 수 있을까 고민이 됐지만 친구가 집 앞까지 데리러 와주겠다고 해서 큰맘 먹고 용기를 내보기로 했다. 어두워진 시간, 막상 집을 나서려니 두려움이 덜컥 몰려왔다.

낮과는 다르게 한쪽 눈으로 어두운 밤거리를 구분하려니 여간 힘든 게 아니었다. 낮보다 갑작스레 빛의 양이 줄어든 데다 긴장한 탓인지 눈물이 줄줄 흘러 여러 번 닦아도 소용이 없었다. 살을 엘 듯한 차가운 겨울바람도 한몫했다. 가로등 불빛이 번져 세상은 온통 뿌옇고 알록달록

하게 보였다. 연말의 화려한 불빛 사이를 걸으며 어떻게 든 넘어지지 않으려 노력했다. 앞으로의 내가 걸어가야 할 길 같았다. 모두가 편하게, 평범하게 걸어가는 길을 나 는 정신을 붙잡고 똑바로 걸어야 하겠구나.

자유롭고 발랄하게 돌아다니던 시절, 연말 밤거리를 채 웠던 총천연색의 빛은 즐거움과 희망의 상징이었다. 한 해를 마무리하며 수고했다 토닥이는 격려였고, 다가올 새해를 기대하게 하는 포부였다. 즐거이 웃으며 나를 스 쳐 지나가는 내 또래 낯선 이들이 부럽게 느껴졌다. '저 사람들은 눈이 두 개구나.' 나만 즐겁지 않은 듯했다.

혹시라도 어디에 부딪혀 다친 눈에 상처가 날까 미리 사둔 예쁘고 폭신한 안대를 끼고 레스토랑에 들어섰다. 사실 안대는 다른 이들의 시선으로부터 내 마음을 보호하 기 위한 장치였다. 한결 마음이 편안했다. 레스토랑에 들 어서자, 오랜 단골이라 친구처럼 익숙한 직원이 나를 단 번에 알아보고 안대는 왜 꼈냐며, 어디 아프냐고 물었다. 나는 어색하고 씁쓸한 웃음을 지어 보였다. 2년째 열 번도 넘게 왔던 다채로운 추억이 깃든 곳이라 들어서는 순간 눈물이 나면 어쩌나 했는데 어쩐 일인지 눈물이 나지 않 았다. 다른 때는 내 의지와 상관없이 시도 때도 없이 쏟아 지더니. 기특하네, 내 눈.

너무나도 당연했던 일상의 영역에 발을 들이고 나니

좋으면서도 괜히 두렵고, 쓸쓸해 이렇게 누려도 괜찮은 건지 예전처럼 소중한 추억을 또 쌓을 수 있을지 다양한 생각이 스쳤다. 굳게 감긴 왼쪽 눈으로 전과 같은 풍경을 보고 싶어 얼굴 근육에 잔뜩 힘을 주었지만 보이지 않았다. 밤 풍경에 좌절하기엔 내가 너무 안쓰러워 고꾸라지는 마음을 잡아채 일으켜 세웠다. '그래, 받아들이고 적응해야지. 두 눈으로 보는 건…… 이제 어쩔 수 없잖아.' 수용과 연습을 반복하다 보면 원래 눈이 하나였던 것처럼, 하나가 정상인 것처럼 자연스러워질 거라며 스스로를 격려했다. '그래, 앞으로 그 전엔 못 봤던 더 많은 행복을 누릴 거야.'

그런데 아까는 나지 않던 눈물이 쉴 새 없이 흘렀다. 마음은 앞서 가지만 눈은 아직도 어둠 속을 더듬고 있는 듯했다. 분명 좋은 시간이었는데 그 시간이 하나도 기억나지 않는다. 번져 보이는 조명 빛, 좋아하는 사람의 웃는 얼굴 그리고 한 눈의 내가 어지러웠다는 기억밖에는.

○

실명 소식을 들은
동생은

어릴 때 별명이 울보였던 내 동생 연수는 1993년생으로, 나와는 세 살 터울의 여자아이다. 유치원 때부터 자주 울음을 터뜨리곤 했던 연수는 욕심 많고 적응력이 빨랐던 나와는 꽤나 다른 종류의 아이였다. 겁이 많고 착해서 주변 친구들에게 놀림을 당하거나 이용당하기 일쑤였다. 나는 동생이 그런 일을 당하는 걸 보면 괜히 화가 나기도 했지만, 여느 철없는 어린이였던 나는 가끔 그 점을 이용하곤 했다. 일곱 살 때쯤, 할머니 댁 탁자에 놓인 조명의 전구가 신기해 다가갔다가 이마에 화상을 입은 적이 있었는데 어린 마음에 어른들에게 혼이 날까 동생이 밀었다고 거짓말을 했다. 그렇게 네 살짜리 꼬맹이는 영문도 모른 채 언니를 다치게 한 못된 동생이 되었다.

어린 시절 공부를 잘해 동네에서 '올백이'로 불리며 유명했던 나는 항상 자신만만했다. 반면 동생은 어딜 가나 자신의 이름보다 '서연주 동생'으로 더 많이 불리며 "네가 연주 동생이니?"라는 말을 들었고, 늘 비교와 부담스러운 시선을 견뎌야 했다. 가족들에게도 늘 내가 먼저였다. '연주 먹고 싶은 것' '연주 갖고 싶은 것'이 우선이었고, 동생은 내가 쓰던 것을 물려받는 것이 일상이었다. 오죽하면 동생과 내 이름을 바꿔야 한다고 그랬을까. 연수의 '수'에 작대기 하나만 그으면 '주'가 되어 물려주기 편하니까. 그렇게 동생은 '연주'라고 쓰인 가방까지 메고 다니며 언니의 그림자에 가려 보이지 않는 존재로 지냈다.

질투도 나고 억울해 언니를 미워했을 법한데 연수는 그런 아이가 아니었다. 언젠가는 울면서 들어와 "나는 언니 동생이라 좋아. 나는 언니가 너무 자랑스러워"라고 말해 나를 어리둥절하게 했다. 연수는 그런 아이였다. 무엇이든 양보하고 늘 나를 자랑스러운 언니로 생각해주고 존중해주던 아이. 성인이 된 후에도 상황은 크게 달라지지 않았다. 늘 바쁜 척하며 밖으로 나돌던 나를 대신해 동생은 알뜰살뜰 부모님을 챙겼다. "언니, 집에 좀 와~ 엄마가 보고 싶어 해"라며 무심한 딸이 되지 않도록 나를 챙겨주었다. 덕분에 나는 한결 가볍고 자유로웠다. 내가 편한 만큼 연수의 어깨가 무거운 걸 분명 느끼고 있었지만, 나는 나를 바꾸려고 하지 않았다. 나는 그런 언니였고, 연수는 좋은 동생이었다.

내가 응급실로 실려 왔을 때 연수는 나를 보러 오지 않았다. 진통제 때문에 의식이 몽롱해진 상태로 기다렸지만 끝내 연수는 응급실 문턱을 넘지 않았다. 수술이 끝났고 입원 병동으로 옮겨졌을 때도 가끔 엄마를 대신해 아빠만 생필품을 전해주러 들르셨을 뿐, 연수는 그 긴 입원 기간 내내 한 번도 나타나지 않았다. 그저 사고 전처럼 가족 카톡방을 통해 안부를 전할 뿐, 나의 사고에 대해 언급조차 하지 않았다. 고통스러운 날들을 보내고 있던 나는 그런 연수에게 서운함과 야속함을 느꼈다.

그렇게 입원 기간이 지나고 퇴원해 본가로 돌아가 연수를 오랜만에 만나게 되었다. 이전과 다름없이 연수는 담담하게 나와 부모님을 살폈고 필요한 것을 챙겨주었다. 연수는 운전을 하고 온 나에게 차에 흠집을 많이 냈다고 평소처럼 잔소리를 하면서도 졸지에 외눈 신세가 된 나를 차에 태워 조심스레 이곳저곳에 데려가 주었다. 퇴원 2주차에 안과 외래를 방문할 때는 휴가까지 내고 엄마와 나를 싣고 병원에 함께 가주었다. 엄마는 오랜만에 두 딸과 함께한 외출이라 그런지 기뻐 보였고, 나도 동생과 함께 있으니 든든했다. 하지만 굳이 휴가까지 낼 필요는 없었다는 생각이 들었다. 마음을 쓰는 것도, 받는 것도 이토록

○

다른 우리였다.

일주일이 지난 다음 외래 때, 엄마는 몇 번을 망설이다 말을 꺼내셨다. "지금까지 말 안 했는데, 연수가 너 다쳤다는 소식 듣고 뭐라고 했는지 아니. 나 정말 놀랐어. 너 실명했다는 얘기 듣자마자 자기 눈 빼주겠다고 하더라. 자기는 컴퓨터 작업만 해서 눈 하나라도 상관없는데, 언니는 하고 싶은 것도 많고 해야 할 일도 많으니까 자기보다 눈이 더 필요할 거라고. 자기가 안구 이식해주겠다고." 그 말을 전한 엄마도 나도 한참동안 말을 잇지 못했다. 얼굴이 화끈거리고, 가슴에서 뜨거운 돌덩이가 바닥으로 쿵 하고 떨어졌다. 반대의 경우를 생각해보았다. 나라면 동생에게 그렇게 선뜻 내 눈을 빼주겠다는 마음을 먹을 수 있었을까. 그날 그렇게 응급실 밖에서 우느라 날 보러오지 못한 연수를, 자신의 눈까지 내어줄 마음까지 먹고 있던 그 아이를 내가 또 나쁜 동생으로 만들고 있었다.

생각이 꼬리를 물자 불쑥 지난 일이 떠올랐다. 너무 다른 우리지만 공통으로 가지고 있는 게 있었다. 내 얼굴 오른쪽과 연수의 왼팔 전체를 덮고 있는 커피색 반점. 내 것은 작고 옅어 화장으로 가려졌지만, 동생 것은 수십 배는 더 컸고 마치 화상 흉터처럼 등부터 팔 전체를 덮고 있어 눈에 잘 띄었다. 동생은 어릴 때부터 그 점 때문에 주변 사람들의 놀림과 따돌림을 받곤 했는데, 그 점을 가리기 위해 여름에도 땀을 뻘뻘 흘리며 긴 소매 옷만 입고 다녔다. 늘 괜찮다고 말했지만, 중고등학교 시절을 캐나다에서 보낸 연수는 외국 애들이 피부의 반점으로 놀리지 않는 것이 제일 좋다고 했다. 사실 반점은 동생에게 큰 상처였던 것이다.

세월이 지나고 의학기술이 발전하면서 반점 치료가 가능하다는 얘길 듣고 나는 부모님에게 치료해보자고 졸랐다. 하지만 처음에 반색을 표하던 동생이 "언니는 얼굴이니까 해야지. 나는 이제 익숙해서 괜찮아"라며 한발 물러서는 게 아닌가. 깊게 헤아리지 않은 나는 동생이 치료받기 싫거나 무서워 그러나 싶었고, 나아가 혹시 정말로 괜찮은 건가, 하는 생각까지 했다. 하지만 알고 보니 어렸을 때부터 양보가 익숙했던 동생이 치료비가 비싼 것을 알고 가족들이 불편하지 않도록 배려한 것이었다. 그녀의 왼팔에 있는 큰 점은 그 마음을 알게 된 나에게도, 당시 여력이 없었던 부모님에게도 여전히 아픈 상처로 남아있다.

연수가 어떤 마음으로 그 긴 시간을 보냈을까 가만히 생각해본다. 어떻게 모든 걸 내어줄 수 있는지, 미워하는 마음을 갖지 않는지. 그 기반엔 어떤 마음이 있을까. 그간 당연했던 양보와 익숙했던 배려가 얼마나 귀중한 것인지 깨닫는다. 그리고 이 순간을 절대 잊으면 안 된다고 스스로 책망하듯 다짐한다. 이 나이가 되도록 가장 가까운 동생의 마음도 헤아리지 못했다는 게 너무 부끄럽지만 이제라도 나로 인해 못 누린 만큼 세상을 더욱 넓고 재미나게 누릴 수 있도록 해줘야겠다고 다짐한다. 하고 싶은 것들은 다 할 수 있도록 해줘야지. 아직은 못나고 철없는 언니지만 앞으로 남은 생은 동생이 포기하려 했던 한쪽 눈의 은혜만큼 온 마음을 다해 갚으며 살 생각이다.

비록 큰 상실을 겪었지만 덕분에 큰 깨달음을 얻고 더 나은 사람이 되어간다. 처음으로 다친 것이 마냥 잃는 것만은 아니라는 생각이 들었다. 나를 이토록 사랑하는 가족들과 함께하는 순간이 얼마나 소중하고 감사한 일인지, 문득 신께 감사 인사를 전하고 싶어졌다.

○

눈물
빼주는 작업

다친 왼쪽 눈이 눈꺼풀을 들어 올리는 기능을 상실한 채 굳게 닫혀있다. 눈꺼풀 근육이 끊어져서인지, 운동 신경이 마비돼서인지 알 수 없다. 그에 더해 푸른 멍과 부기 때문에 마치 소시지 같은 모습이다. 재밌는 것은 굳게 닫힌 눈꺼풀이 일종의 눈물 저장소 역할을 한다는 점인데, 비록 시력은 잃었지만 슬퍼할 능력은 그대로였기에 곧잘 눈물이 흐르곤 했다. 하지만 오류가 있었다. 정상 눈은 감정에 즉시 반응해 곧바로 또르르 눈물을 흘리는 반면, 닫힌 눈은 늘 뒤늦게 반응하곤 했다.

눈물이 생기고 흐르는 과정을 떠올려보면 우리 눈의 안쪽 가장자리에는 눈물을 만들어내는 눈물샘이라는 조직이 존재하는데, 평상시 안구를 촉촉하게 유지하기 위해 만들어지는 눈물은 분당 1~2μl(microliter)로, 하루에 총 5CC의 눈물을 만들어낸다. 정상적으로 배출되는 눈물은 안구를 마르지 않게 하고, 항균 물질들을 포함하고 있어 물리화학적으로 외부 물질을 씻어내 안구를 안전하게 보호해주는 역할을 한다. 흔히 말하는 '안구건조증'은 노화나 기타 원인으로 눈물이 부족하게 생성되거나, 빠르게 증발해버려 몸에서 원하는 필요량보다 부족할 때 생기는 질환이다.

우리의 눈은 감정적으로 슬픈 상황에 노출되면 '정서적 눈물' 양이 기하급수적으로 늘어난다. '슬픔'이라는 감정 정보가 뇌로 전달되고, 감정을 관장하는 편도체를 거쳐 생리작용과 수분균형을 맞추는 자율신경계 중추인 시상하부로 전달되어 눈물이 나게 된다. 정서적 눈물에는 스트레스 호르몬이라고 불리는 부신피질 자극성 호르몬이 많이 포함되어 있어서 인체가 스트레스 화학물질을 배출하는 것을 도와 마음을 안정시키는 효과가 있다. 엄마한테 혼나고 서럽게 우는 아이가 눈물 콧물 범벅이 되는 이유는 이렇게 만들어진 많은 눈물이 코눈물관이라는 관을 타고 코 쪽으로도 배출되기 때문이다.

그러나 나의 경우엔 이러한 과정의 타이밍이 전혀 맞지 않았다. 감정 반응과 상관없이 눈물은 수시로 흘렀고, 누군가를 만나 밥을 먹다 생뚱맞게 눈물이 흐르는 바람에 밥을 먹다 왜 우는 거냐고 우스개로 놀림을 받기도 했다. 진료를 통해 알아보니 눈꺼풀을 들어 올리는 근육이나 신경이 다치면서 눈꺼풀이 굳게 닫혔고 그 안에 눈물이 갇히고 쌓이면 자동적으로 넘쳐흐른 것이었다. 마치 정상적으로 물이 흐르는 통로를 댐으로 막아버려 물이 넘칠 만큼 찼을 때 일정량이 배출되는 모양새였다.

이런 불편을 해소하기 위해 엄마와 나는 탁월한 방법을 찾았고, 우리는 이를 '눈물 빼주는 작업'이라고 불렀다. 이 방법은 늘 시간 맞춰 안약을 넣어주던 엄마가 고안한 방법으로, 수시로 눈꺼풀을 살짝 들어 올려 고여 있는 눈물을 인위적으로 배출해주는 작업이었다. 이 방법을 찾은 후로는 슬픔이라는 감정이 느껴져 눈물이 날 것 같은 느낌이 들 때면 손으로 왼쪽 눈꺼풀을 한두 차례 들어 올려 안으로 고이지 않게 흘려내는 물리적인 작업을 수행했다.

눈꺼풀을 들어 올려 눈물을 흘려보낼 때면 얼굴을 따라 흘러내리는 따뜻한 눈물의 감촉이 좋았다. 그 감촉이 너무 좋은 나머지 가끔 흐를 눈물이 충분하지도 않은데 괜히 눈꺼풀을 들었다 내리곤 했다. 이렇게 수동으로 눈물 댐을 열어줘야 하다 보니, 그동안 내 몸이 얼마나 유기적으로 잘 굴러갔는지, 각자 맡은 바 열심히 일을 하고 있었는지 알게 되었다. 또 감정에 따라 몸이 저마다의 기능을 하는 것이 인간의 자존감을 유지하게 하는 가장 큰 요소임을 깨달았다. 인체의 신비란 바로 이런 것일까. 이를 계기로 나는 인생에서 가장 중요한 것이 무엇이냐고 묻는다면 단연코 건강이라고 답할 수 있게 되었다.

주인도 못 알아보는
Face ID

얼굴과 눈을 다치고 달라진 것이 꽤 많았지만, 그중에서 가장 불편하고도 또 속상했던 건 핸드폰의 'face ID' 기능이 내 얼굴을 인식하지 못하는 거였다. 가족도 친구도 강아지도 변함없이 날 알아보고 마음을 내어주는데, 한낱 기계 따위가 날 거부하다니…… 첨단 보안력은 알겠다만, 그저 한쪽 눈이 약간 감긴 것인데 이렇게 냉정하게 거부할 일이란 말인가. 나 역시도 바쁘다 바빠 현대사회를 사는 현대인, 게다가 촌각을 다투는 직업전선에 놓인 사람이다 보니 그 누구보다 핸드폰의 의존도가 컸는데, 일은 물론이요 인간관계의 유지도, 스케줄 관리도, 하물며 속마음까지도 핸드폰의 일기장에 털어놓고 있었으니 나의 핸드폰 의존도는 군이 말로 할 것도 없이 막대하

○

다 하겠다.

그렇기에 이런 사소한 거부가 나에게는 엄청난 장벽처럼 느껴졌는데, 마치 속마음까지 털어놓던 존재에게 배신당한 느낌이랄까. 느닷없이 생긴 몸의 변화는 이렇듯 아주 사소한 순간에 나에게 시련을 안겼다. 장애라는 것이 생긴 후 모든 것이 새롭고, 그 새로움은 때때로 너무 차가운 거절이 되어 다가온다. 수시로 받아들여야 하는 '새로 고침' 같은 것이랄까.

핸드폰의 설정을 열고 새로운 얼굴을 입력한다. 이리저리 얼굴을 스캔해 새로운 Face ID를 등록했다. 등록을 마친 후, 이제는 받아줄까 싶어 최대한 친절한 표정으로 액정을 바라보자 드디어 화면이 열린다. "이것이 서연주 당신의 진짜 얼굴이군요!"라고 인정하듯 빗장을 푼다. '그래, 앞으론 이 얼굴이 진짜야. 네 주인의 얼굴.' 어쩐지 오랫동안 살던 동네를 떠나 주소지를 이전한 것 같은, 다시는 돌아갈 수 없는 곳으로 떠나온 느낌이 들었다. 속상한 마음을 애써 누르며, 다시금 스스로에게 어쩔 수 없다고, 빨리 받아들이고 단단해지자고 타일렀다. 마음이 지친 탓인지 평소보다 일찍 스르르 눈을 감는다. 이제 내게는 한쪽 눈밖에 남지 않았으니, 핸드폰과도 조금 더 멀어져야겠다는 생각을 하면서.

안약
알람

　아침 8시와 저녁 6시가 되면, 엄마의 핸드폰 알람이 울린다. '연주 안약 넣어주는 시간'이다. 다친 왼쪽 눈에는 감염을 막기 위한 항생제를 넣고, 반대쪽 눈에는 시력교정 렌즈가 들어 있는 상태로 안압이 높아, 이를 적절히 낮추기 위한 녹내장 안약을 넣고 있다. 입원 중에는 그 횟수가 네 번이었다가, 세 번이 되었고, 마지막으로 두 번으로 줄었을 때 퇴원해도 좋다는 이야기를 들었다.

　엄마는 퇴원 후에도 한참이 지나도록 나대신 내 눈에 안약을 넣어주었다. 안약 넣는 일은 엄마의 일상에서 가장 중요한 일이었다. 아침 8시와 저녁 6시 알람이 울리면, 면봉으로 조심스레 내 눈을 벌려서 안약을 떨어뜨리고, 내 얼굴을 자세히 관찰했다. 혹여나 다친 눈에 나쁜 변화가 생긴 것은 아닌지, 얼굴이 더 붓지는 않았는지 걱정하며 내 얼굴을 들여다보는 엄마의 눈망울에는, 아프고 속상한 마음이 매번 숨겨져 있었다. 나는 30대 중반의 나이에 환자가 되어 엄마 손에 모든 걸 맡겨야 하는 신세가 창피하고 죄송해서, 나를 뚫어져라 보는 엄마의 눈을 괜히 피하곤 했다. 엄마가 나를 그토록 아끼고 중요하게 생각하는 동안, 나는 얼마나 엄마를 당연히 여기고 귀찮아 했었는지, 다시금 혼자서는 아무것도 할 수 없는 연약한 상태가 되고 나서야 엄마의 존재가 크게 느껴져 자식이란 이토록 이기적인 존재구나, 하는 생각이 들었다.

언젠가 딱 한 번, 엄마가 왼쪽에 넣어야 할 약을 헷갈려 오른쪽에 넣은 적이 있었다. 그걸 알아채고 엄마는 소스라치게 놀라며 울먹였다. 정작 환자인 나는 괜찮다고 하는데도, 엄마는 딸에게 해가 될 수도 있었다는 생각 때문에 그 뒤로도 오랫동안 마음에 담아두었다. 안약을 두는 내 침대 머리맡에는 엄마가 꾹꾹 눌러 써 붙인 "안약 확인 후, 점안"이라는 포스트잇이 붙어 있었다.

그렇게 2개월간의 애정과 걱정이 가득했던 엄마의 점안기를 지나고 이제는 직접 안약을 넣겠다고 선언했다. 새해부터는 일상으로 돌아가겠다는 다짐을 지키기 위해서 혼자 하는 연습을 해야 했다. 처음에는 매번 엄마가 옆에 와서 내가 다친 눈을 잘 벌리는지, 혹시 안약 병 입구가 눈에 닿지는 않는지, 떨어뜨리는 양은 적당한지 내내 걱정스러운 표정으로 살피곤 했다. 내가 잘 해내는 걸 보여주어도 '연주 안약 넣는 시간' 알람만큼은 없애지 않았다. 엄마를 따라서 나도 핸드폰에 안약 점안 알람을 설정해 두었다. 그래서 우리 집에는 아침 8시와 저녁 6시가 되면 여기저기서 핸드폰들이 아주 아우성이다. 거기에 엄마의 "연주야 안약 넣어야지!" 하는 소리까지 더해지면, 빨리 넣어버리지 않고서는 알람 3중주가 끝나지 않기 때문에 안 넣고 배길 재간이 없다.

어느 정도 몸 상태가 회복되고, 따뜻하고 안전한 본가를 떠나 자취방으로 거처를 옮긴 날, 함께 왔던 부모님이 가신 후 홀로 남은 나는 엉엉 울고 말았다. 그 눈물은, 한 단계 일상과 가까워진 나 자신에 대해 대견함이요, 나를 지키고 보살펴준 부모님에 대한 감사와 죄송함이었으며, 또 한편으로는 따뜻하고 안전했던 둥지를 떠나 혼자 헤쳐 나갈 앞날에 대한 두려움이었다.

안전한 둥지를 떠나는 과정은 시린 아픔을 동반했다. 힘겹게 둥지 밖으로 몸을 옮기는 아기 새에게도, 그런 아기 새를 떠나보내는 엄마 새에게도 마찬가지일 것이다. 저녁 6시가 되자 핸드폰 알람과 엄마로부터 걸려온 전화벨소리가 동시에 울린다. "어, 엄마. 안약 넣을게." 하고 전화를 끊으며 나는 또다시 눈물을 쏟을 수밖에 없었다. 홀로 놓인 이 공간이 너무 춥고 쓸쓸했고, 그동안 내 눈에 안약을 넣어주러 다가왔던 엄마의 다정한 눈망울과, 함께 아픔을 회복해 나갔던 지난 시간이 너무나 따뜻하고 행복했어서.

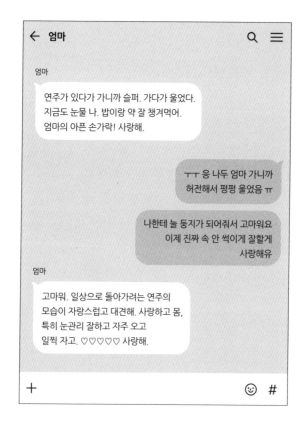

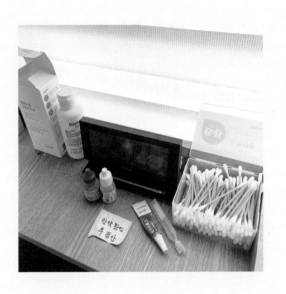

진짜 장애인이
되었습니다

　'장애등록'은 영영 보는 기능을 상실한 내 왼쪽 눈을 한 단계 더 앞서 받아들이는 방법이었다. 돌이킬 수 없는 일이라면 빨리 받아들이고 나아가고 싶었다. 세상이 장애인과 비장애인의 세계로 나뉜다면, 나는 약간은 불편하고 낯선 세계로 이동하고 있는 참이었다. 외래 진료 때 안과 교수님께 혹시 장애진단서를 떼어주실 수 있느냐고 조심스럽게 여쭈었다. 내어주신 서류에는 '좌안 시력 장애 6급, 영구 시력 상실'이라고 적혀있었다. 씁쓸했다. 머리로 아는 것과 글자로 마주하는 것은 또 다른 종류의 선고였다.

　장애에 대해서 아는 것이 거의 없었다. 전공의로 일주일에 한 번씩 일반 내과 외래 진료를 볼 때, 진료실을 찾은 환자들이 종종 '장애진단서'나 '의료급여 연장신청소견서' 등을 요청하는 경우가 있었는데, 그때마다 나는 곤란한 표정과 함께 '제가 이런 서류를 함부로 써도 되는지 모르겠어요'라고 말하며 환자들을 교수님 외래로 돌려보내곤 했다. '장애'나 '의료급여' 같은 단어들은 당시의 내게 너무 벅차고 생소했다. 거대한 국가 안에서 세금으로 운영되는 사회보장체계와 복지시스템은 함부로 관여하면 안 되는 영역 같았다.

꿈에도 생각하지 못했으나 이제 내게 현실이 되어버린 '장애인' 세계로 입문하는 절차를 알아보기 위해 '시각 장애등록'을 검색했다. 수많은 광고와 함께 알아보기 어려운 정보들이 줄지어 나열됐다. 낚시성 글들이 너무 많아 클릭하면 온갖 광고 사이트로 연결되면서 정신을 쏙 빼놨다. 조금 잘 정리된 글이다 싶으면 어김없이 맨 끝에는 명함과 함께 행정사나 보험사 연락처로 안내됐다. '아니, 도대체 장애로 활동이 온전치 않은 사람들은 어떻게 파악하라는 거야.' 집중할 수 없는 마음 상태 때문인지 괜스레 원망 같은 감정이 올라왔다. 그중 몇 개의 블로그를 읽다 포기하고, 병원에서 챙겨준 서류들과 신분증을 챙겨 집을 나섰다.

내가 찾아본 바에 의하면, 우리나라의 장애등록과 장애등급심사 과정은 장애인복지법 제32조(장애인 등록)에 의

거하여 진행되는데, 장애등록 신청인이 거주하는 지자체와 장애심사 전문기관인 국민연금공단 그리고 장애진단에 필요한 검사와 소견서를 작성해주는 의료기관, 이 세 기관의 역할이 핵심이었다. 장애를 갖게 된 신청인은 의료기관의 전문의사로부터 장애 유형별 진단과 등급심사에 필요한 검사를 받고(검사비가 상당하다), 장애 정도 심사용 진단서(혹은 소견서)를 발급받는다. 이후 주소지 관할 주민센터에 방문하여 장애유형별 필수 구비서류(전문의 소견서, 진료기록지, 검사 결과, 반명함판 사진 등)와 함께 '장애인등록 및 서비스 신청서'를 작성하여 제출하면 된다.

접수된 서류들은 장애심사 전문기관인 국민연금공단으로 의뢰되며, 여기서 2인 이상의 전문의사가 참여하는 의학 자문회의를 통해 장애 정도를 심사하게 된다. 이 과정에서 검사 자료가 불충분하거나 오류가 있을 경우 한참 지나 '자료 보완 요구'나 '거절' 판정이 떡하니 돌아오니 주의해야 한다.

또한 장애별로 장애진단이 가능한 시기가 정해져 있어서 이 또한 정확히 확인하고 서류를 제출하는 것이 중요하다. 아무래도 의료기관에서 서류를 발급받는 것 자체가 번거로울 뿐만 아니라 시간과 돈도 많이 들고, 지자체에 방문하여 서류를 제출하고 신청하는 과정 또한 적잖은 품을 필요로 하기 때문에 미리 잘 알아보고 가는 것을 추천한다. 나는 내가 일하는 병원에서 치료받고 서류를 발급받았기 때문에 절차가 훨씬 간소했고 익숙했는데도 불구하고 두 번이나 반려 판정이 났다. 그리고 지자체에 재방문해 다시 서류를 제출하고 보완 심사를 받은 후에야 장애등록이 완료되었다. 심지어 보완 판정이 난 나의 개인 의료기록들과 서류가 지자체와 연금공단을 우편으로 오가는 사이에 분실되어 모든 서류들을 처음부터 다시 준비해야 했다. 스마트폰과 인공지능으로 모든 것이 간편해진 현대 사회에서, 어쩐지 장애인에게만은 모든 과정이 아날로그식으로 불편하게 진행되는지 의아했다. 주변의 장애인 친구들에게 물어봐도 이 장애등록 과정이 참 고달프고 어려웠다고 했다. 일부는 포기하기도 했는데, 장애인이 사회에 적응하는 데 시작부터 장애물로 작용하는 것이 현재의 비효율적인 장애등록 절차가 아닐까 싶은 생각까지 들었다.

장애등록을 하기 위해 동네 주민센터에 들르기로 한 날, 점심도 거르고 채비를 하는데 교수님께서 물으셨다. "장애등록을 하면 뭐가 좋니?" "글쎄요. 교수님, 장애인 주차 등록증이 나오려나요? 제가 한번 알아보고 오겠습니다"라고 너스레를 떨었다. 비장한 마음을 안고 뚜벅뚜벅 걸어 주민센터에 도착했다. 장애등록은 주민등록등본, 인감증명서 등의 서류를 떼던 일반 민원 창구가 아니라 복지 민원 창구에서 담당하고 있었다. 창구로 가서 번호표를 뽑자, 대기 인수가 전광판에 떴다. 대기인 0명. 어떤 생각에 잠길 새도 없이 버저음이 울렸다. 좁은 유리 창구 앞에 앉아 짐짓 아무렇지 않은 억양으로, "장애등록하러 왔습니다"라고 말하며 준비해온 서류를 창구 안으로 전달했다. 담당 직원은 자연스럽게 커터칼로 서류 봉투를 뜯더니 (장애등록을 위해 관공서에 제출하는 서류는 발급 당시부터 환자에게 밀봉 상태로 전달된다.) 컴퓨터로 타닥타닥 무언가를 입력했다. 그리고 종이 하나를 내민다. '장애인 등록 신청서'다. 개인정보와 주소 그리고 아직은 생소한 장애 서비스(장애인등록증, 통합 복지카드 발급 등) 신청 항목 몇 가지에 체크를 하고 서명하면 신청 절차는 마무리된다. 결과는 국민연금공단의 심사를 거쳐 한 달 반 뒤에 우편으로 전달된다고 했다. 이 과정만 끝나면 그렇게 되면, 나는 이로써 진짜 장애인이 되는 것이다……

또 하나의 단계를 넘은 듯해 후련했지만 쓸쓸한 마음도 들었다. 마음 추스를 시간이 필요했지만, 점심시간을 이용해 나온 거라 다시 서둘러 병원으로 향했다. 걸어왔던 길을 뚜벅뚜벅 걷는데 어쩐지 생경한 기분이 들었다. 이 동네에서 의사로 일하며 수십 번도 넘게 바쁘게 오갔던 길인데, 그날따라 왜 그렇게 시간이 느리고 울렁거리며 지나가는지. 평소 평범하게 스쳐지나갔던 일상 풍경이 새롭게 다가왔다. '저런 건 이런 장애가 있는 사람에게 불편하겠구나' '저건 조금만 더 낮게 만들어주면 좋을 텐데……' 같은 아쉬움들이 피어올랐다. 나도 진짜 장애인이 됐기 때문일까. 다른 세계로 막 착륙한 기분이 들었다. 장애등록이라는 과정은 복잡하고 지난했지만 그래도 또 한 단계를 피하지 않고 정면으로 맞섰다는 사실이 뿌듯했다. 시간이 얼마나 남았나 핸드폰을 보는데 뜬금없이 구글 포토 알고리즘이 가장 예쁘던 시절의 나를 가장 기억에 남는 사진으로 추천해준다. 눈치 없는 구글 같으니…… 뜬금없는 친절에 피식 웃으며 스스로 되뇌었다. 잘 해내고 있다고, 그리고 잘 해낼 수 있다고.

○

흘러나온 고름,
절망적인 재입원

다시 입원하게 되었다. 다쳐서 응급실로 실려온 지는 70일, 퇴원해서 일상으로 돌아간 지는 정확히 50일 만의 일이었다. 다시 의사로 일하기 위해 근무지로 복귀를 계획하고 있던 참이었다. 한쪽 눈으로 보고, 듣고, 쓰고, 읽는 등 일을 하기 위한 기본적 기능을 회복하기 위해 애를 썼다. 가족들은 이런 나를 보며 너무 무리하는 것 같다고 걱정했고, 주변 사람들은 이참에 좀 쉬어가는 게 어떻겠냐고 타이르기도 했다. 생각해보면 병원에서 일하는 동안 마음 편히 늦잠 한 번 자 본 적이 없었다. 잠시라도 휴식 시간이 주어지면 그 짧은 찰나가 너무 달콤해 꿈처럼 느껴지기도 했다. 하지만 막상 이렇게 긴 휴식 시간이 주어지니 반대로 일할 수 있는 것이 꿈보다 더한 기적처럼 느껴졌다. 내가 할 수 있는 일이 마땅히 나에게 주어진다는 것은 단순히 돈을 버는 것을 떠나 자존감에 지대한 영향을 미치는 일이었다. 나는 그렇게 자존감을 지키고, 미래를 그려보기 위해 부지런히 일터로 돌아가기 위한 노력을 하고 있었다. 그것은 힘겨운 발악에 가까웠다.

이상하게 피로감이 심해 일찍 잠들었던 어느 새벽, 나는 잠을 설치고 꿈에 시달리다 잠에서 깼다. 싸우고 때리고 맞고 도망가는 모든 종류의 액션이 담긴 꿈이었는데 승자도 패자도 없는 지난한 싸움이었다. 일어나보니 온몸에 식은 땀이 나 옷이 흥건하게 젖어 있었다. "아구구……" 하며 찌뿌듯한 몸을 일으켜 화장실에 가서 거울을 봤는데, 다친 눈이 평소와 달라 보였다. 누렇고 지저분한 찌꺼기가 눈 주위에 들러붙어 불쾌한 모양을 하고 있었고 역한 냄새까지 나는 듯했다. 무언가 탈이 난 게 분명했다. 직감적으로 문제가 있음을 확신하자 심장이 빠르게 뛰었다. 먼저 손을 잘 씻고 휴지로 눈 주변을 닦았다. 그런데 웬걸. 씻어도 씻어도 왼쪽 눈꼬리 쪽으로 끊임없이 누런 고름이 흘러나오는 게 아닌가. 이번엔 심장이 "쿵!" 하고 내려앉았다. '내 눈에 도대체 무슨 일이 벌어지고 있는 거지……? 안 돼. 어떻게 살린 눈인데……'

아침이 되자, 아침밥을 들고 계신 부모님 앞에 서서, "엄마, 나 병원에 좀 가봐야겠는데"라고 아무렇지 않게 혼잣말하듯 말을 건넸다. 평소 같으면 "어머 어머 왜!!" 하며 호들갑 섞인 소리부터 질렀을 엄마가 무언가 심상치 않음을 느끼셨는지 조용히 아빠를 쳐다봤다. "그래, 다녀와." 엄마는 아침에 성당 봉사가 있다고 하시며 아빠가 대신 같이 가주면 어떻겠느냐고 했다. 혼자 갈 수 있다고 말씀드렸지만, 아빠는 약속 시간까지 미루고 같이 가겠다고 하셨다. 설득에 쓸 마음의 여유가 없어 두 분의 말을 듣기로 하고 차에 올라 탔다. 병원으로 가는 동안 아빠와 나는 아무 말도 하지 않았다. 긴장감만이 맴돌았다.

병원에 도착하기 전 미리 병원 동기 언니에게 눈 상태 사진을 보내주었다. 사진을 본 언니는 깜짝 놀라 안과 외래에 내려가서 교수님들께 진료를 봐줄 수 있는지 사정사정하며 부탁을 드렸다고 했다. 언니 덕분에 거의 불가능에 가까운 당일 외래를 빠르게 예약할 수 있었다. 대학병원에 아는 사람이 필요한 것은 바로 이런 경우 때문이리라. 평소 의사로 근무하면서 이렇게 당일 예약 부탁을 받거나 일부에게 특혜를 주는 경우를 공평하지 못하다며 비난하기도 했는데, 어느새 내가 그 당사자가 되어 있으니 부끄러운 마음이 들었다. 그동안 다급해 보였던 많은 환자와 보호자들에게 무심했던 것이 후회가 되었다.

내 상태를 보고 추가 검사가 필요하다고 판단하신 교수님들은 CT와 MRI를 찍자고 하셨다. 결과는 참담했다.

영상 자료를 보니 부러진 코뼈와 안구 주변을 덧대놓은 티타늄 임플란트 주위로 무언가 지저분하게 잔뜩 고여 있었다. 고름이었다. 나의 경우, 왼쪽 안구를 둘러싸는 얇은 뼈인 안와와 코뼈 그리고 광대뼈가 광범위하게 부러지고 조각난 상태였기 때문에, 터진 안구를 봉합한 후에 이를 받쳐줄 지지대가 필요했다. 그래서 안구 주변으로 넓은 그물 형태의 티타늄 소재 받침대를 두 겹으로 넣어두었는데, 그 안쪽에 감염으로 인해 고름이 생긴 것이다. 사고 난 장소가 균과 곰팡이가 많은 야외이기도 했고, 게다가 워낙 광범위하게 다쳐서 어떤 감염이 생겨도 이상하지 않은 상황이었다. 이를 미리 예상해 수술 전후로 강한 항생제를 충분히 오랫동안 사용했고, 따라서 이제는 감염의 위험에서는 벗어났다고 생각하던 시기였는데 올 것이 오고야 만 것이다. 어디서부터, 어떻게 생긴 염증인지는 모르지만, 수술 후 깨끗해야 할 내부 조직이 썩고 균이 자라면서 부풀어 오른 고름집이 커지다 못해 눈가의 구멍으로 터져 나오고 있었다.

부은 얼굴에서 느껴지던 열감과 통증, 흘러나오던 고름까지 모두 염증이 원인이었다. 바로 입원 결정이 내려졌다. 항생제 치료를 위해서였다. 만약 정맥 항생제로 치료가 어렵다면 임플란트를 제거하고 다시 삽입 수술을 해야 했다. 이 모든 과정은 본과 시절 배우고 또 환자들에게 종종 생겨 익숙했던 '수술 후 합병증' 관련 지식이었다. 당시 어린 의사였던 나는 수술한 환자들에게 수술 후엔 언제든 합병증이 생길 수 있는 거라고 설명하곤 했다. 출혈, 감염, 쇼크 심지어 아주 드물게는 사망까지 다양한 합병증들이 동반될 수 있지만 반드시 생기는 것은 아니고, 또 수술을 하지 않아 발생하는 문제와 비교하면 수술하고 나서 발생하는 합병증 따위는 아주 소소한 문제라고 설명하기도 했다. 으레 그렇다는 투의 설명이 환자의 안정에 도움이 될 거라고 생각했고, 또 치료를 통해 좋아질 거니 걱정하지 말라는 의미이기도 했다. 하지만 그런 상황이 막상 내게 닥치니 그건 전혀 희망적이거나 긍정적이지도 않았다. 그건 의료진과 환자의 심각한 입장 차이에서 온 오류였다. 아, 나는 얼마나 가벼운 의사였는가.

나처럼 외래 진료 후 당일 입원 결정이 나는 것은 그만큼 상태가 좋지 않다는 것을 뜻한다. 이런 경우 가끔 입원 준비를 해 와야 한다며 입원을 늦춰달라거나 거부하는 환자도 있는데, 의사의 입장에서는 어떻게든 설득해서 바로 입원시켜야 하기 때문에 정말 난처하고 어려운 순간이기도 하다. 환자가 입원을 꺼리는 데는 나름 다양한 이유가 있다. 본인의 의학적 상태를 잘 모르거나 꼭 필요한 물건이 집에 있어서, 혹은 꼭 가야 할 약속이나 꼭 해야 할 일들이 있어서, 병원 밥이 싫어서 같은 이유도 포함된다. 나는 환자들이 그런 이유를 대고 입원을 피하려고 할 때마다 이해하기 어려워 더 무섭게 겁을 주곤 했다. 지금 환자분 몸보다 중요한 게 있느냐고, 이러다 길바닥에서 죽으면 무슨 소용이냐고 험한 말을 내뱉기도 했다. 개인 사정은 이해했지만, 환자의 건강과 안전을 책임지는 주치의로서 도저히 그대로 집에 보낼 수 없었기 때문이다. 그런데 어처구니 없게도 그렇게 환자를 설득하던 내가 환자가 되니 미룰 수 없는 중요한 일들이 떠올랐다. 입원하자는 교수님 말씀에 머뭇거리던 나는, "교수님, 내일 아침에 중요한 일이 있는데 오늘 항생제 주사 맞고 내일 점심에 입원해도 되나요……?"라고 떼를 썼다. 교수님은 곤란한 표정을 지으시더니, 내과 전문의이니 본인이 더 잘 알거라며 그렇게 하고 싶으면 그렇게 하라고 하셨다. 영문을 모르는 아빠는 옆에서 내 얼굴만 보고 있었다.

이러면 안 되는 걸 알면서도 나는 진료실 밖을 나와 다음날 오후가 되어서야 입원했다. 내가 의사일 때 이해하지 못했던 행동을 내가 환자가 되어 똑같이 하고 있었다. 갑자기 상태가 나빠졌으니 환자로서의 역할에 최우선 순위를 둬야 했음에도, 그러지 못한 내 자신이 한심하게 느껴졌다. 하지만 그 입장이 되어보니 세상은 건강만 신경 쓰기에는 너무나 복잡하고 중요한 일들로 가득했다. 정말 내가 아니면 안 되는 일이 있고, 내가 그 자리를 벗어나면 영원히 잃게 되는 자리도 있었다.

검사 결과와 의학적 상태에만 관심을 기울이던 진료실 안 의사 시절, 어쩌면 나는 환자의 진료실 바깥의 삶을 충분히 이해하지 못한 채 '죽을 거라느니' '잘못될 거라느니' 하는 무서운 협박들을 내뱉었다. 아마 그렇게 설득된 환자들은 가뜩이나 힘든 본인의 상황을 더욱 절망적으로 받아들이고 있었으리라. 두렵고 착잡한 표정으로 병실로 올라가던 환자들의 표정이 이제야 나는 이해가 된다.

매일이 깨달음의 연속이다. 다행히도 두 번째 입원을 맞이하는 나는 그전보다 단단하며 의식과 의지가 모두 뚜렷했다. 보호자 없이 혼자 있는 병실에 입원하기로 하고 챙겨온 물건을 챙겨 들었다. 병실 안으로 들어가는 입구에서 걱정스러운 얼굴을 한 가족들에게 손을 저어 보내며 다짐했다. 나 서연주는, 아직 끝나지 않은 투병 전쟁을, 절망과 희망 사이에서 겸허히 받아들임과 동시에 온 힘을 다해 꿋꿋이 이 전쟁에 맞서겠다고. 그리고 자만하지 않고 겸손하게 모든 상황을 받아들이겠다고.

○

함께의
중요성

　예기치 못한 합병증으로 재입원을 하게 되면서 나도 모르는 새 많이 약해진 듯했다. 누구보다 나의 상태를 잘 알고 있고, 회복 과정이 순조로운지 아닌지 아는 입장이기에 그것이 독이 된 것인지 나는 부정적인 감정에 더 많이 치우쳐있었다. 의사도 한낱 인간에 지나지 않음을, 그리고 아무리 뛰어난 의사라도 모든 상황을 의연하게 바라볼 수 없음을 깨달았다. 오히려 아무것도 몰랐다면 마음을 다스리는 데 더 도움이 됐으려나. 어쨌건, 지금 이런 상황에서는 의사라는 직업이 전혀 도움이 되지 않는다는 것만은 명확했다. 한 치 앞을 알 수 없는 당장의 모호한 운명에, 인간으로서 최고 수준의 무력함과 고통을 동시에 느꼈다. 닳고 닳아 연약한 내면이 드러나는 순간 나는 수

시로 자괴감에 빠졌다.

나는 강하지 않은 사람이었다. 심지어 자기 확신에 대한 결핍과 끝없는 존재 증명 욕구에 시달리는, 그저 한 명의 연약한 존재였다. 예고 없이 찾아오는 위기에 마구 휘청이는 나라는 인간의 한계는 온통 하찮음과 허무함으로 귀결되었다. 그러나 이런 나를 일어서게 해주는 건 돈이나 명예가 아닌, 사람임을 나는 알게 되었다. 세상을 사는 일은 절대로 혼자서 가능하지 않음을, 언젠가는 혹은 꽤 오래 타인의 도움과 배려가 있어야 내가 살아갈 수 있음을 확신하게 됐다. 인생에서 큰 것을 잃고 난 후에야 이런 깨달음을 얻게 된 것이 다소 아쉽지만 그럼에도 감사함에 가슴을 쓸어내린다.

다치고 난 후 내게 다가왔던 사람들은 아픈데 괜히 연락하는 것은 아닐지, 이렇게 말하면 상처받지는 않을지, 괜찮아질 거라고 응원을 하는 것이 너무 가벼워 보이지는 않을지 고민을 했을 것이다. 그들의 그 사려 깊음은 내 치유의 원동력이 되었다. 나를 성심성의껏 돌봐주셨던 안과 교수님께서 어느 날 진료를 받고 나가는 내게 잠시만 기다릴 수 있겠느냐고 하시더니, 감정을 추스르는 데 도움이 되면 좋겠다며 작은 쇼핑백 하나를 건네셨다. 그 안에는 아마도 오래 소장하고 있었던 것으로 보이는 〈시비스킷sea biscuit〉이라는 오래된 경주마 영화 DVD와 책이 담겨 있었다. 서연주 선생도 시비스킷처럼 빨리 털

○

고 일어나 달리길 기원한다며 주고 싶었다고 하셨다. 그 마음이 너무 감사해 나는 다시금 딛고 일어날 용기를 낼 수 있었다. 그리고 감염으로 재입원을 하게 된 후 앞으로 살아갈 삶에 대한 고민으로 무거운 나날을 보내던 때, 한때 진로 고민을 함께 나누었던 선배가 어려운 책 말고 쉬운 걸 보라며 만화책 세트와 《그리스인 조르바》라는 고전을 가방에 메고 와 전해준 뒤 홀연히 떠난 적이 있다. 시련에 정처 없이 헤매던 나는 선배가 전해준 유쾌한 책을 통해 때론 아무 생각 없이 흘러가듯 살다 보면 해결되는 문제도 있으며 그리고 그것이 나를 새로운 곳으로 이끌 수도 있다는 것을 깨닫게 되었다. 그 외에도 힘들 때 단 것을 먹으면 기분이 나아진다며 약과와 초콜릿, 쿠키들을 건네준 후배들을 통해 쓰디쓴 시련인 줄만 알았던 시간들이 소소한 단맛으로 얼마나 즐거워질 수 있는지 알게 되는 계기가 되기도 했다.

얼마나 많은 눈물과 시간을 쓰게 될지 몰라 겁을 먹고 주눅 들어 있는 나를 따뜻한 이들이 보듬어 일으켜 세운다. '사고' '실명' '감염'이라는 고난이 내 삶에 벌어질 것이라고 꿈에도 생각하지 못했다. 이런 일은 남들에게나 일어나는 일이라 생각했고, 그런 일을 당한 환자들을 의사로서 아끼고 치료하는 일이 내게 주어진 과제라고 생각했다. 종종 재미로 보러 갔던 사주풀이에서도 그 누구도 내가 실명하는 사고를 당할 거라고 예측하지 않았다.

인생에는 어쩔 수 없이 갑작스런 고난이 찾아오고 그것을 스스로 헤쳐 나가야 하는 과제가 주어진다. 그런데 겪어보니 그 과제는 혼자 풀어내는 게 아니라는 생각이 든다. 삶의 고난과 역경은 한 개인에게 닥치지만 이를 극복하는 것은 혼자가 아니며 모두의 힘이 모여 비로소 넘을 수 있었다. '함께'는 거대하고 강하다. 누군가 힘들 때 별것 아닌 듯해도 책과 마음, 음식을 건넨다는 건 정말 숭고한 행위이다. 나 역시도 그러할 것이다. 받은 것을 돌려주고, 또 일으켜주고 싶다. 그런 세상이 사람 사는 세상이 아닐까.

○

나 홀로
병원에서 연휴 나기

설날 연휴를 홀로 입원실에서 보냈다. 사실 나는 명절을 좋아하는 사람이 아니다. 가족에게 살가운 사람도 아닐 뿐더러, 명절에 음식 만드느라 고생하는 엄마를 보는 게 싫어 늘 공부나 병원 일을 핑계로 바깥으로 돌았다. 나는 안에서는 차갑고, 이기적이며 다가가기 어려운 딸이었다. 나도 그걸 알고 있었기에 명절 연휴는 병원에서 당직을 서거나 당직 핑계로 자취방에서 혼자 시간을 보내곤 했다. 특히 서른이 넘어 주변에서 결혼 이야기가 나오니 명절 연휴에 집에 가는 것이 왠지 더 힘든 느낌이 들었다.

병원은 명절 연휴가 되면 응급실을 제외하고 텅 비어버린다. 환자들은 입원을 했더라도 명절만은 가족들과 집에서 보내고 싶어 나가려 하고, 의료진 역시도 휴식을 취하거나 가족과 함께 시간을 보내고 싶기에 퇴원이 가능한 환자들은 최대한 퇴원시킨다. 반대로 명절 연휴에 심하게 아프지 않아도 입원하고 싶어 하는 환자들이 있는데, 사정을 들어보면 집안일을 도맡아 하는 큰집 며느리들이 많다. 우리나라 며느리들이 명절에 얼마나 고생하는지 봐온 나로서는 그런 경우 환자와 눈을 맞추고 찡긋하며 입원을 시켜드리기도 했다. 하지만 내가 직접 명절 연휴에 입원한 환자가 되어보는 것은 처음이었기에 느낌이 이상했다. 가져온 책을 종일 읽어도, 넷플릭스를 연속으로 봐도 시간이 남았다. 여유롭고 편하기도 했지만, 한편 고요하고 쓸쓸했다.

그런 나의 마음을 알았는지 홀로 병원 밥만 먹으며 지낼 나를 위해 동기 언니가 직접 싼 김밥 도시락을 가져다주었고, 가족들은 명절 음식을 잔뜩 싸서 가져왔다. 어떤 친구들은 치킨에 무알콜 맥주를 사다주기도 했다. 그렇게 사람들이 떠나자, 다시 고요함이 몰려왔다. 당직 의사로 병원을 지킨 적은 있어도, 환자로는 처음이라 생소하기까지 했다. 마치 혼자 어디 멀리 여행이라도 온 듯싶었다.

나는 혼자 환자복을 입고 평소 찍지도 않던 셀카를 찍어 SNS에 올리기도 하고, 수액 줄을 달고 어떻게 효율적으로 샤워하고 환자복을 갈아입을 수 있는지 꿀팁을 담아 영상도 업로드했다. 최근 사람들에게 많은 심적 의지

○

를 했던 터라 고요한 병원에 홀로 남아있자니 영 기분이 나지 않았다. 재밌는 쇼츠를 봐도, 관심 있던 책을 봐도 그저 그랬다. 환자가 되고 나니 연휴가 마냥 좋지 않았다. 아직은 혼자를 오롯이 견디기에 이른 것 같다는 생각이 들었다. 아직은 누군가의 도움이 필요하구나. 나를 감싸주고, 덮어줄 사람들이 어서 오기를, 연휴가 끝나기만을 바란 하루였다.

○

고효율 인간이
못 견디는 비효율의 삶

효율에 집착하던 삶이 무너졌다. 특히 병원 진료 받는 것이 그렇다. 예약 시간과 무관한 것이 진료 차례라는 것을 이번에 알게 되었다. '이렇게 오래 기다리게 할 거면 예약 시간은 왜 잡는담!' 의사로 일할 때는 미처 몰랐다. 그때는 환자들이 줄지어 밀려왔기에 누가 얼마나 기다렸는지 헤아릴 틈이 없었다. 이런 줄 알았으면 '오래 기다리시느라 힘드셨겠다'는 말 한마디라도 건네는 건데.

환자의 일정 따위는 개의치 않는다는 듯한 태도로 일방적으로 몇 시간을 그냥 기다리게 하는 소위 빅5 상급종합병원의 외래 대기 줄에 서서 기다리다 보면 별별 복잡한 생각이 다 든다. 하지만 어째서인지 환자가 되어 병원에만 가면 약자의 입장이 되어 항의는 고사하고 볼멘소리조차 내기 어렵다. 그저 내 이름이 호명되기를 목이 빠지게 기다릴 뿐. 일부는 큰 소리로 화를 내곤 하는데, 정당하지는 않지만 이해할 수는 있는 소동이다. 좀 너무하긴 하니까.

하물며 보호자까지 함께 기다릴 경우에는 나 혼자만의 시간을 쓰는 것이 아니니 더 비효율적이다. 병원은 허락도 없이 1인분의 시간을 마음대로 쓰는 것도 모자라 2인분, 때론 3인분의 시간을 가차 없이 빼앗는다. 나의 경우 우리 부모님은 차치하더라도, 나이든 환자를 모시고 온 젊은 보호자들은 직장을 다니는 경우가 많을 텐데 이렇게 오래 시간을 빼기 쉽지 않겠다는 생각을 했다. 더군다나 대기하는 시간을 미리 예측할 수도 없고 하염없이 기다려야 하는 상황이 다반사라 당황스럽고 화도 나겠다 싶었다. 환자 본인도 화가 나지만 나 때문에 보호자가 고생하는 것이 속상해 눈치까지 봐야 하는 이중고를 겪게 되니 스트레스가 이만저만이 아닐 것이다.

애석하게도 외래 접수대의 간호사나 진료실 안에 들어 있는 의사 그 누구도 이 사태를 해결하지 못한다. 전 국민이 경증 질환이든 중증 질환이든 서울의 빅5 병원으로 몰려드는 상황이 큰 문제다. 심지어 촌각을 다투는 심장마비 환자도 KTX를 타고 서울대병원으로 향하니 무슨 말이 더 필요할까. 큰 병원에만 환자가 넘쳐나 가분수처럼 비틀비틀 무너질 것 같은 대한민국 의료의 모순적인 문제는 결국 환자에게 불이익으로 돌아간다.

일선에서 환자를 보는 의료진도 힘들긴 마찬가지다. 짐보따리가 널려 있는 시장터 같은 외래 진료실 앞에서 기다리면서 진료실 안도 무척이나 고되겠구나라는 생각을 했다. 경험상 환자들이 뚫어져라 노려보는 진료실 안의 상황은 전쟁터와 다름없기 때문이다. 물로 입을 적실 새도 없이 환자가 밀려들어 온다. 내가 아는 대학병원 교수님들 중 점심 끼니를 거르시는 분들이 꽤 많다. 다이어트 목적은 당연히 아니고, 한 타임에 쉰 명, 최대 백 명까지 환자를 보며 검사 결과, 치료계획을 설명하고 진료를 하다 보면 점심시간을 챙길 겨를이 없다.

외래가 끝나면 회진이나 수술, 시술, 교육과 연구 같은 밀린 스케줄이 가득이니 점심만 걸러도 된다면 오히려 다행이다. 이렇듯 실제로 의사 본인은 스스로의 건강을 챙길 여력이 없다. 내가 아는 교수님 중 암이나 다른 질병으로 갑자기 의업을 중단하시거나 입원하시게 된 경우도 종종 있다. 그런 상황을 목도하면 병원에서 벌어지는 이 모든 것들이 참 아이러니하다는 생각이 든다.

이토록 힘들고 고된 환경에도 불구하고 의사들이 버티

는 이유는 뭘까. 환자는 납득하기 어려울 수도 있지만, 사실 환자 때문인 경우가 많다. 환자 한 명 더 본다고 금전적 이득이 더해지는 것이 아니기 때문에 대학병원 교수는 환자를 줄일수록 본인의 명성과 연구, 교육, 방송 출연 같은 성취에 쓸 수 있는 여력이 늘어난다.

개인 삶의 만족도 또한 마찬가지다. 하지만 대학병원으로 몰리는 환자들을 더 많이 치료하기 위해 감당하기 어려운 선까지 진료를 이어가고, 그 과정에서 때로 경과가 좋아지는 환자들과 쌓는 유대에서 보람을 느끼고 사명으로 여기며 버틴다. 만약 자세한 설명과 함께 따뜻한 말 한마디를 건네는 의사가 있다면 본인 끼니 챙길 시간을 깎아 환자에게 내어주고 있음을 알아주시면 좋겠다.

물론 가끔 의사들의 시니컬한 태도가 입에 오르내리기도 한다. 그런데 근무 경험상 친절하고 살갑게 굴지 않는다고 그것이 환자가 싫어서 그렇다거나 진료를 보기 싫어 그런 것은 아니니 환자들이 너무 상처받지는 않았으면 하는 마음도 있다. (물론 이유 없이 불친절한 것은 지탄받아야 한다.) 그렇기에 대한민국의 특수한 의료 환경이 더욱 아쉽다. 환자와 의사 모두 최선을 다해 애쓰고 있는데, 진료실 안에서는 많은 것을 나누기가 몹시 힘들다. 언제쯤이면 환자와 도란도란 농담도 나누고 사는 이야기도 하며, 내가 되고 싶었던 '좋은 의사'의 모습으로 진료를 할 수 있을

지, 과연 그런 날이 올지 모르겠다.

지금은 내 건강도 그렇고 대한민국 의료 현실도 그렇고 안개 속에 가려져 온통 흐릿하고 희미한 꿈처럼 느껴진다. 예전에 밥도 굶고, 잠도 안 자고 어떻게 그렇게 일했나 모르겠다.

병원에서 많은 일을 한꺼번에 처리하는 것이 일상이었던 나에게 하염없이 기다리고 또 누워서 대부분의 시간을 보내야 하는 비효율적인 현재 상황은 한편으로는 쉼을 가장한 고통이기도 하다. 바쁘던 시절에는 쉰다는 것이 마냥 좋은 줄 알았다. 하지만 환자가 되고 난 후, 전문직 의사로서의 고효율 기능은 고사하고, 1인분의 인간 역할을 해내기도 쉽지 않다. 세 끼 식사를 챙기고, 세 번 항생제를 삼키고, 하루 네 번씩 안약을 반복해 눈에 떨어뜨리는 일은 생각보다 에너지가 많이 드는 일이다.

이 정도의 삶을 유지하는 것도 이렇게 힘든데 예전처럼 고효율 인간의 삶으로 돌아갈 수 있을까? 병원으로 돌아가 바쁘게 일하는 삶이 지금의 나에게는 너무 큰 욕심인 걸까? 다양한 생각이 교차한다. 그럼에도 1인분 역할도 버거운 '환자'에서, 다시 타인을 치료하는 '의사'로 전문적 기능이 가능한 고효율 인간이 될 수 있다면 무척이나 기쁘고 벅찰 것이 틀림없다. 정말 열심히 해보고 싶다. 그때까지, 나 자신 파이팅이다.

3

절대 지치지
않겠다는 다짐

거품뇨가
나왔다

안구에서 흘러나온 고름을 채취해 미생물 배양 검사를 한 결과, 각종 항생제 내성균을 포함해 혐기균anaerobe* 이 자라고 있었다. 때문에 먹는 항생제 두 종류와 주사 항생제 한 종류를 복합적으로 적용해 치료해야 했다. 그런데 이틀째부터 거품뇨가 나오기 시작했다. 거품뇨란 콩팥 기능이 망가지면서 단백질을 거르는 기능이 떨어져 소변으로 단백질이 빠져나오는 증상인데, 소변에 거품이 보이는 것이 특징이다.

사실 수술 후 감염 합병증을 알아챈 후, 재수술을 하는 대신 대안으로 항생제 치료를 선택했기에 독한 항생제

* 산소가 없는 환경에서 증식하는 균을 뜻한다.

부작용은 감수해야 했다. 항생제 치료를 선택한 건 교과서에서, 그리고 내과 전공의 수련 과정 동안 배운 원칙과는 다른 결정이었다. 인체 내에 있는 외부 물질 때문에 발생한 감염의 1차적 치료 원칙은 외부 물질 제거 후 물질을 재삽입하는 것이다. 나의 경우 안구를 받치고 있는 티타늄 매쉬 임플란트에 고름이 찐득하게 들러붙어 있으므로, 그것을 제거하고 상처 부위를 깨끗이 씻은 후 필요하다면 임플란트를 재삽입하는 것이 원칙이다.

하지만 나는 선택하지 않았다. 만약 내가 의료진이라면 환자에게 당연히 원칙대로 하는 것을 권유했을 것이다. 막상 환자가 되어보니 재수술 결정이 쉽지 않았다. 겨우 아문 상처를 다시 째고 엉겨 붙어있는 조직을 박리한 후, 뼈를 받치고 있던 쇠붙이를 꺼내 다시 넣는 과정은 생각만 해도 아찔하고 끔찍했다. 수술 후 회복하는 단계들 그리고 다시 일상을 멈추고 침대에 누워 생활해야 하는 것도 견디기 힘든 부분이었다.

주치의 교수님께서도 이 수술이 매우 어려운 과정이 될 거라 걱정하셨고, 결론적으로 깊은 고민 끝에 우리는 재수술 없이 독한 항생제를 충분히 오래 써서 감염을 치료해보기로 결정하였다. 의료진들끼리는 보통 '항생제로 말린다'라는 표현을 쓰는데, 이는 독한 항생제로 균을 말려죽인다는 뜻이다. 이런 상황에서 첫 번째로 중요한 것은 균에 효과적으로 작용하는 적절한 항생제를 선택하는 것이고, 두 번째로 중요한 것은 충분한 용량을 규칙적으로 맞는 것이다.

항생제 부작용으로 변기에 가득 차있는 거품뇨를 내 눈으로 확인했을 때 착잡한 마음은 이루 말할 수 없었다. 내과 수련 기간에 썼던 항생제 중 독하기로 유명했던, 그래서 환자들의 신장 수치가 행여나 올라가지 않을까 매일 피검사를 해야 했던 글라이코펩타이트Glycopeptides*계 항생제를 추가한 탓일 테다. 두려운 마음이 앞섰다. 내 몸은 어떻게 되어가는 걸까.

주변 사람들은 내가 모든 것을 알고 있을 거라고 생각하고 자연스레 나의 상태에 대해 물었다. "그래서 어떻게 해야 한대?" "그러면 언제까지 해야 한대?" 같은 질문을 받다 보면 "나도 몰라!"라고 소리를 꽥 지르고 싶을 때가 있다. 내가 알면 그렇게 먼 거리를 꾸역꾸역 가서 오랜 시간 대기해 단 몇 분 동안 의사를 만나고 다시 돌아와 희망을 가졌다, 절망했다 이런 감정의 동요를 겪겠느냔 말이다. 신이 아닌 이상 그 누구도 어떤 병에 대해 명확하게

○

***

* 항생제는 세균의 세포벽 합성을 억제하는 기전으로 항균 효과를 나타내며, 대표적으로 Vancomycin, Teicoplanin 등이 이에 속한다. 모두 신장을 통해 배설되기 때문에 대사되는 과정에서 신장 독성, 즉 콩팥 기능이 떨어질 수 있으며 신부전 환자에 적용할 때는 감량이 필수적이다.

진단할 수 없다. 나도 여느 환자들처럼 내 앞날을 예측할 수 없어 답답하다. 그리고 그런 답답함은 불안을 데려오고, 불안은 내 안에 어렵게 싹 틔운 희망과 용기를 단번에 짓밟는다. 그렇기에 내가 할 수 있는 것은 그저 현재 가능한 치료에 최선을 다하는 것뿐이다. 예측할 수 없는 결과를 기다리면서.

내과 수련 과정에서 가장 중요하게 교육받는 것이 '문제 목록Problem list'를 찾아내 정리하는 일이다. 환자의 삶을 아프게 파고든 증상과 징후, 검사 결과들 사이에서 진짜 문제들을 발견해 일목요연하게 정리하는 일이다. 나의 문제 목록에 '지쳐 있는 마음'이 하나 더 추가되었다. 어디가 끝인지 모를 터널의 출구를 향해 걸어가는 길이 생각보다 멀고 험한 탓에 당분간은 외부 환경에 관심 갖기보다는, 나 자신을 돌보고 수렴하는 일에 더 집중하기로 한다. 잔뜩 웅크린 자세가 어색하긴 해도, 어쨌든 나는 앞으로 뚜벅뚜벅 나아가고 있다.

○

지독하게
치료받을 용기

　나의 상황을 들은 여러 의사 선생님이 걱정과 조언을 담아 연락을 주셨다. 그중 친언니 같았던 응급의학과 선생님 한 분이 고압산소치료Hyperbaric oxygen therapy라는 것을 소개해주셨는데, 감염과 염증 치료 보조 요법뿐 아니라 수술 후 상처 회복에도 탁월한 효과를 보인다고 했다. 고압산소치료는 대기압의 2배~2.4배 되는 고압 환경(수심 14~16m의 압력과 동일한 압력)을 만들어 그 안에서 1시간에서 2시간 정도 100% 산소를 제공해 마시게 하고, 산소 기압과 농도를 높여 치료하는 방법이다. 이 경우 평소 산소가 잘 전달이 되지 않는 말초 조직까지도 충분히 산소가 전달되며 세포 조직 재생 효과를 나타내는데, 미국이나 이스라엘 같은 나라에서는 최근 '항노화' 분야에서 주목받고 있는 치료라고 했다. 추가로 화상 같은 피부조직 손상에도 아주 드라마틱한 효과를 내 마이클 잭슨이 광고 촬영 중 머리카락에 불이 붙어 얼굴 화상을 입게 되었을 때도 이 고압산소치료 후 효과를 보면서 자택에 고압산소챔버를 들여왔다는 이야기도 있다.

하지만 우리나라에서는 주로 일산화탄소 중독이나 잠수병 같은 응급 질환에서만 급여 적용이 되기 때문에 고압산소챔버를 보유하고 있는 병원이 아주 드물었고, 그렇기에 의사인 나도 본 적이 없었다. 나의 경우에는 혐기균, 즉 산소 농도가 높은 환경에서 죽는 균이 얼굴 안에서 자라고 있었기에 생물학적 메커니즘을 생각해보아도 이 치료가 효과적일 것 같았다. 아직까지 우리나라에서 인정되는 치료도 아니었고 충분한 임상데이터도 없었지만, 나는 내가 선택한 항생제 치료 효과를 극대화시키기 위한 방법으로 고압산소치료를 보조적으로 병행하기로 결정했다.

당시 내가 소개받은 고압산소챔버를 보유한 병원은 집에서 왕복 3시간, 막힐 땐 편도 3시간까지 걸리는 거리에 위치하고 있어 이동 거리와 시간이 큰 문제로 작용했다. 하지만 내게 치료를 소개해준 응급의학과 선생님과 가족들의 도움으로 치료를 시작할 수 있었고, 매일 여의도성모병원에서 항생제 주사 치료를 받고 경기도 남부로 이

동해 고압산소치료를 받는 강행군을 이어갔다. 처음 한 달은 주 7일, 휴일을 가리지 않고 다녔고, 근무와 병행하면서는 주 5, 6일로 줄여 다녔다. 체력이 약해지고, 한 눈 운전에 서툰 나를 부모님과 동생이 번갈아 차에 태워 다녔는데, 당직 스케줄을 짜는 것 마냥 아빠, 엄마, 동생이 요일을 나눠 내 치료에 동행해주었다. 그것은 보통 일이 아니었다. 이동에 서너 시간, 치료에 2시간 정도를 합하면 하루를 꼬박 나를 위해 비워야 했다.

가족들은 그 모든 걸 기꺼이 감내하면서도 혹여 내가 미안해할까 오가는 길이 경치도 좋고 치료받는 동안 기다리며 주변을 걷는 것도 운동이 되어서 좋다는 말을 해주었다. 아무리 가족이라지만 이렇게 기꺼이 희생하고 마음을 내는 것이 기적처럼 느껴졌다. 치료를 받으러 다니는 동안 거의 모든 끼니는 차에서 해결했다. 샌드위치, 김밥, 과일, 달걀 등 영양가 있는 간식을 정성스레 준비해 함께 나눠 먹으며 많은 이야기를 나누며 다녔다.

혼자였다면 절대 버텨내지 못했을 길고도 짧았던 3개월이었다. 지성이면 하늘도 감동한다고 했던가. 굳게 닫혀있던 눈꺼풀이 떠지고, 얼굴 부기가 나날이 빠지며, 마침내는 안압까지 재지는 기적이 벌어졌다. 믿기지 않는 변화였다. 물론 시간이 지나며 자연스레 회복한 결과일지도 모르지만, 치열한 노력과 가족들의 희생 끝에 얻은 결과라, 벅차고 감사하기 이를 데가 없었다. 치료를 시작하고 두 달이 지나자 이제는 일을 해도 될 정도로 상태가 호전되었다. 조금 빠른 감이 없지 않아 있지만, 마음먹은 것은 해내야 직성이 풀리는 성격 탓에 복귀를 망설임 없이 결정했다. 사실 그래야 회복도 더 빠를 것 같았다.

원래 내가 있던 자리에 돌아가 일상을 찾고 움직이다 보면 예전의 나와 더욱 가까워질 것 같았다. 예전의 나처럼 해보고 싶은 것도, 해야겠다고 생각하는 것도 많이 남아있어 가만히 있을 수가 없었다. 다친 뒤 한 가지 달라진 게 있다면, '실패'라는 단어를 겁내지 않게 되었다는 것이다. 오히려 '나는 다친 사람이니까' 같은 말로 해보지도 않고 지레 포기하는 것이 정말 무서운 일임을 알게 됐다. 합리화하고 편한 길을 택하려는 본능의 눈속임에 휘둘리지 않기 위해 오늘도 끊임없이 고민해보자고 스스로를 다독인다. 넘어져도 다시 일어나는 용기, 포기하고 싶어도 최선을 다하는 끈기, 이것들이야말로 삶을 끝까지 찬란하게 만드는 아름다운 무기가 아닐까.

○

엄마 아빠는
눈이 두 개잖아!

결국 터져버렸다. 현실이지만 현실 같지 않았던, 어쩌면 마주하고 싶지 않아 꾹꾹 눌러 둔 설움이 터져 나왔다. 엄마 아빠는 눈이 두 개이고, 나는 눈이 한 개가 되어버린 뾰족한 현실은 차갑고 앙상한 나의 자격지심으로 드러났다. 모두가 아는 사실이지만 마치 지금에서야 발견한 것처럼, 나는 날카로운 가시의 끝을 사정없이 휘둘러 부모님의 마음을 찔렀다. 숨겨 뒀던 내 밑바닥에서 못난 폭군이 고개를 들고 독한 말을 쏘아댔다.

○

나는 소화기내과 분과 수련을 그만두고 싶었다. 눈이 그대로 두 개였다면 아마 정석의 엘리트 과정인 대학병원 교수가 되기 위해 치열하게 노력했을 것이다. 많은 사람들이 으레 말해왔고, 부모님도 당연히 내가 그 길을 택할 거라 생각하셨다. 하지만 갑작스러운 상실은 당연했던 나의 미래를 단숨에 바꿔버렸다. 두 개의 눈으로도 하기 어렵고 고된 '의대 교수'라는 치열한 경쟁의 길을, 한쪽 눈으로 헤쳐 나갈 자신이 없었다. 난 최고가 되고 싶었는데, 눈 하나로는 최고가 될 수 없었다.

시작점부터가 다르다는 생각이 들었다. 그리고 평생 치료받고 먹고살아갈 돈도 마련해야 했다. 더 이상 이상적인 꿈만 꾸며 희희낙락 살아갈 수는 없었다. 돈을 많이 벌진 못해도 명예가 높아 선비로 칭해지던 '대학병원 교수'의 삶은 더 이상 내게 적합한 꿈이 아니었다. 나는 하루라도 빨리, 조금이라도 젊을 때 돈을 벌어야겠다는 생각을 했다. 의사 면허를 가지고 대학병원 밖을 나오면 훨씬 돈을 많이 벌며 안정적으로 살아갈 수 있었다. 피부미용, 비만 등 비급여 의료 시장에는 돈이 넘쳐흘렀다. 선택권이 없다는 생각이 들었다. 하지만 부모님은 생각이 달랐다. 힘들 때 품어준 병원과 과에 보답하고 끝까지 수련을 마치고 나오라고 하셨다. 대학병원 교수가 될 거란 희망은 부모님도 접은 듯했지만, 수련을 중도 포기했다는 이력이 남지 않도록 끝까지 최선을 다하라고 하셨다.

나는 그런 부모님이 야속하게 느껴졌다. 나의 좌절이나 고민, 힘듦은 안중에도 없는 것 같았다. 나는 마치 지금껏 내가 열심히 공부하고 노력했던 것이 부모님을 기쁘게 하고 인정받기 위해 그랬던 것 마냥 억지를 부리며 화를 냈다. 그렇게 열심히 희생하며 최선을 다해 산 결과가 고작 이건데, 정말 이게 맞느냐고 바락바락 소리를 질렀다. "엄마 아빠는 눈이 두 개잖아!" 정적이 흘렀다. 말을 뱉은 후 나는 부모님 가슴에 온통 비수를 꽂은 듯해 '아차' 하는 마음이 들었다. 속상하고 당황한 나는 그렇게 자취방으로 돌아가 펑펑 울었다.

부모님의 시선은 미래를 향했고, 나는 현재에 머물러 있었다. 부모님은 미래의 내가 차별받지 않기를 바랐고, 현재의 나는 내가 얼른 행복해지길 바랐다. 사고를 겪은 당사자의 마음은, 지금, 현재, 여기 있는 나를 지키고자 애쓰는데, 그런 나를 자꾸 일으켜 세우며 자꾸 저 멀리 불확실한 곳을 보며 가라고 하는 부모님이 야속했다. 부모님의 마음을 아프게 했다는 죄책감과 함께 나도 너무 힘들다고, 나는 지금 여기에 머물러 꼼짝 못 하고 있다고 소리치는 울분이 나를 꽝꽝 두드렸다.

며칠 뒤 부모님은 동생과 나를 집으로 부르셨다. 싱싱한 채소와 좋은 고기로 샤브샤브를 해주셨다. 이 메뉴는 우리가 어릴 때 아빠가 외식 대신 처음 집에서 해주신 요리라 우리 가족에게는 따뜻한 기억으로 남아있는 요리다. 어색한 분위기에 채소와 고기를 입에 왕창 쑤셔 넣고 있는데, 아빠가 나를 가만히 불러 말씀하셨다. "네가 그만두고 싶으면 그만두자. 교수님들께 말씀드리기가 힘들면 아빠가 가서 사정해볼게." 엄마와 아빠는 혹시라도 내가 나중에 눈이 하나라 차별받거나 능력을 의심받지 않기를 바랐고, 세상은 보통 그걸 자격과 이력으로 증명하기 때문에 과정을 채우길 바랐던 거라고. 네게 바라는 것은 아무것도 없다고 말씀하셨다. 아빠는 자신도 모르게 흘러내린 눈물을 훔쳐 닦으셨다. 그 눈물은 태어나서 처음으로 보는 아빠의 눈물이었다. 그리고 덧붙이셨다. 힘든 때일수록 우리 서로 상처 주는 말은 최대한 하지 말자고. 엄마가 너를 얼마나 아끼고 사랑하는데 그런 말을 하면 안 된다고…… 아빠 말을 잠자코 듣던 엄마를 비롯해, 나와 동생의 눈에서도 어느새 눈물이 줄줄 흘러내리고 있었다. 이 시점을 계기로 나는 그동안의 긴 학창시절과 수련 시절 등 그동안 부모님을 많이 오해하고 있었다는 사실을 깨달았다.

미래를 향한 부모님의 우려와 시선은, 어쩌면 진정한 사랑이었으리라. 한 눈을 잃은 자식이 전문성을 갖춰, 온통 차별로 가득한 세상에서 살아남기를, 본인들이 더는 지켜줄 수 없는 미래의 세상에서도 딸이 떳떳하게 살기를 바랐던 마음이리라. 마치 유치원생 소풍 가방을 싸듯 이것저것 담아주고 싶은 사랑과 걱정 가득한 마음이 담겨있었으리라.

하지만 현재의 나는, 또다시 의무와 책임이 가득한 세상에서 버틸 여력이 없었다. 목숨을 잃을 뻔한 상황에서 깨달은 것은, 언제든 할 수 있을 거라 미뤄 뒀던 수많은 사항들이, 한순간에 0으로 변할 수도 있다는 나쁜 가능성이었다. 그래서 더는, 같은 실수를 범하고 싶지 않았다. 미래의 당당한 나를 위해 현재를 희생하는 일은 당연해 보이지만, 어찌 보면 아주 이상한 일이기도 했다.

스탠퍼드 대학의 유명한 심리학자 월터 미쉘Walter Mischel의 사탕 실험에 따르면, 사탕이 주어지자마자 바로 먹은 그룹의 아이들보다, 20분을 기다려 마시멜로까지 받은 참을성 높은 그룹의 아이들이 뛰어난 사회적 성취를 이뤘다고 한다. 하지만 이 실험에서, 후자 그룹의 아이들이 그만큼 더 행복했냐는 물음에는 아무도 대답하지 못할 것이다.

행복에 관한 이야기가 무의미하다고 생각하던 시절이 있었다. 돌이켜 생각해보면 당시에는 현재의 행복을 외면하는 삶을 살고 있었기 때문이기도 하다. 삶에 일종의 주기가 있듯이, '행복 러쉬'는 행복이 고갈되었음을 알아차리는 순간에 치고 올라온다. 매끄럽게 모든 과정을 완수하고 아름다운 내일을 그릴 수 있으면 좋으련만, 황폐해진 나를 몰아 채찍질하여 내일의 당근을 향해 달리게 하는 행위는, 오히려 낭떠러지로 향하는 지름길일지 모른다. 그렇다면 나는 오늘 행복하기를 선택해야 하는 것은 아닐까.

○

눈동자야,
너 참 예뻤구나

눈동자가 예쁘다는 이야기를 자주 듣곤 했다. 얼굴이나 몸매 같은 외모 칭찬이 아닌, 구체적으로 눈동자가 언급되었던 이유를 가만히 생각해본다. 겉으로 드러나는 쌍꺼풀 대신 속쌍꺼풀이 있는 내 눈은 작은 편에 속했는데, 전체적인 눈의 크기에 비해 눈동자*가 상대적으로 커서 눈을 꽉 채우고 있었다. 까만 눈동자에 빛이 비쳐 반사되면 반짝반짝하게 빛났고, 그래서였는지 초등학생 때부터 "고놈 참 눈망울이 똘망똘망하다" "공부 잘하게 생겼다"는 이야기를 듣곤 했다. 조금 커서는 공포영화 〈주온〉에 나오

* 빛의 양에 따라 열렸다 닫히는 동공과 수정체 렌즈를 둘러싸 잡고 있는 홍채를 합친 면적.

는 토시오의 눈 같다고 놀림을 받기도 했다. 아마 눈 전체에서 까만 눈동자가 차지하는 비율이 높아서 그랬던 것 같다. 눈동자가 예쁘다는 이야기를 들으면, 괜히 으쓱하면서 다시 한번 내 눈동자를 들여다보곤 했다. 화려하게 예쁜 것은 아니지만, 이 정도면 선하고 깊어 보이는 구석이 있다 싶어 꽤 마음에 들었다. 거울을 볼 때도 나는 눈동자에 비친 내 모습을 기준 삼아 얼굴을 갸우뚱하게 숙이는 사소한 오랜 버릇이 있었다. 거울 속 내 눈동자에 비친 또 다른 나를 쳐다보는 것이 재미있기도 했다.

안구가 파열되는 끔찍한 사고를 겪은 뒤, 내 한쪽 눈은 지금까지도 감겨있다. 외상과 염증으로 퉁퉁 부어 있을 때는 소시지처럼 굳게 닫혀있더니, 요새는 부기가 빠지고 운동 신경이 회복돼서인지 가늘게 떠질 때도 있다. 변화를 감지한 가족들은 신기해하며 기뻐했지만, 나는 마냥 기뻐하지 못했다. 슬며시 떠진 왼쪽 눈꺼풀 아래로 흐리멍덩하게 다친 눈동자가 보였기 때문이다. 모두가 떠난 어두운 섬처럼 내 눈동자는 눈꺼풀에 잠겨있었다. 다시 생기를 넣어주고 싶지만 그것이 역부족인 것을 나는 알기에, 그것이 완전한 회복으로 다시는 돌아갈 수 없기에 개운한 웃음을 짓기 어려웠다.

핸드폰의 사진 어플 기능이 작년의 오늘 모습이라며 나의 과거 사진을 친절히도 내 앞에 가져다 보여주었다.

까만 눈동자가 가득 채워진 눈으로 살포시 웃고 있는 예전의 나는 참 예쁜 눈을 가지고 있었다. 가늘고 상냥한 눈의 선, 그 안을 가득 채우고 있는 검은 눈동자는 서연주라는 사람의 첫인상을 대표할 정도로 큰 비중을 차지하고 있었다. 사실 얼굴 마비와 한 눈으로 좁아진 시야는 익숙해지기도 했지만, 잃어버린 한쪽 눈동자만큼은 아직도 가슴이 사무칠 정도로 아깝고 그립다. 당연히 내 것이라 여겼던 눈동자와 얼굴을 잃어버릴 줄은 상상도 하지 못했으니까.

부모님이 건강하게 낳아주신 것이 얼마나 감사한 일인지, 얼마나 귀중한 보물인지 그때는 알지 못했다. 당연스레 주어지는 것이라 생각하고 살았던 과거의 삶이 너무 귀중했기에 더욱 아쉬운 마음이 든다. 지금 깨달은 것을 그때도 알았더라면 참 좋았을 텐데. 되찾을 수 없는 나의 깊고 예쁜 눈동자여. 기억 속에만 고이 묻혀있을 사랑스런 눈동자여. 너 없이 살아갈 주인도, 그리고 우측 눈동자도 어찌 기댈 구석이 없지만, 그래도 이 말을 꼭 해주고 싶다. 너 참 예뻤었다고.

○

공포스러운 가짜 눈알,
페이크 아이Fake eye

　당장 치료가 필요했던 의학적 문제들이 어느 정도 해결되면서 미용적으로 해결해야 할 문제들이 남았다. 찢어진 안구를 꿰매 형태를 유지시키기는 했지만 기능을 잃은 안구는 위축되고 혼탁이 왔다. 심지어 다칠 때 충격으로 안와 뼈가 부서져 안구가 안쪽으로 심하게 함몰이 되었고, 수술로 교정은 쉽지 않을 것 같다는 판정을 받았다. 나날이 회색 빛깔로 변하는 눈동자를 바라보는 마음이 착잡했지만, 그래도 적출하지 않고 지켜냈다는 데서 큰 안도감을 느꼈다. 하지만 시간이 지나면서 안구가 위축되고 함몰 바람에 한쪽 눈이 해골처럼 푹 꺼지고 말았다. 눈꺼풀 사이로 보이는 안구의 면적도 반대쪽과 차이가 컸다.

성형안과 교수님께서는 함몰된 상태로 계속 두면 얼굴 골격의 비대칭이 더 심해진다고 하셨다. 결국 한쪽 눈꺼풀이 흘러내려 나이가 들면 지방이식술을 받아야 하는 경우가 생길 수 있다고 하셨다. 결국 나는 내 눈 모양 그대로 살아가고 싶었던 욕심을 접기로 했다. 대신 의안을 시도해보기로 했다. 사실 그전부터 성형안과 교수님께서는 여러 차례 의안을 권유하셨지만, 나는 마음의 준비가 덜 된 상태였다. 실명 후 내가 받아들여야 하는 것들 중 보통의 삶과 가장 많이 달라지는 부분이라고 여겼기 때문이다.

솔직히 말하면 의안, 즉 가짜 눈알을 끼는 것이 너무 무섭고 싫었다. 내 진짜 눈알이 보이지 않도록 덮어버리는 행위는, 마치 사랑하는 이가 죽어 땅에 묻는 것과 같은 느낌이었다. 그리고 인위적으로 만든 눈알을 넣었을 때의 기분을 생각해보면 어딘가 불편하고 어색할 것 같았다. 하지만 세상에는 받아들이고 넘어가야 할 일들이 있는 법이다. 나는 수많은 고민 끝에 마음을 먹었고, 결심이 섰을 때 교수님께 의안을 시도해보겠다고 말씀드렸다. 그리고 2주에 한 번 병원에 방문하는 사설 의안 업체에 상담 예약을 잡았다.

의안을 받아들이기로 마음을 먹은 뒤, 계속해서 마음의 준비를 해야 했다. 사람들은 실제로 의안을 낀 채 살아가고 있는 분들을 예로 들며 크게 티가 나지 않을 것이니 너무 걱정하지 말라고 했다. 하지만 그 말들은 전혀 위안이 되지 않았다. 내 얼굴에, 세상을 보는 눈이라는 자리에 무언가를 끼워 넣는다는 것은 겪지 않으면 아무도 모를 일이었다. 이것은 전적으로 내 몫의 일이었다. 누군가는 LED 불빛이 나오는 의안을 끼고 유쾌하고 재미있게 살아가는 외국인 인플루언서 영상을 내게 보내주었다. 당혹스러웠지만, 한편으로 이런 생각이 들었다. '그래, 오히려 멀쩡한 눈과 비슷하게 보이려 애쓰는 것보다는 특별한 눈으로 승화시키는 것이 낫겠어.'

의안클리닉 직원들이 예약한 날짜에 미리 양해도 없이 모습을 나타내지 않은 탓에 2주가 지난 뒤 겨우 만나게 되었다. '의안클리닉'이라고 적힌 병원의 상담실로 안내받은 나와 엄마는 긴장한 채 똑똑 노크를 하고 들어갔다. 좁은 방에 덩치 큰 중년 남자 셋이 우리를 맞이했다. 엄마와 나는 잔뜩 겁을 집어먹은 채 그들이 이끄는 대로 중간에 있는 조그만 의자에 앉았다. 그들은 조폭 영화에서나 봤을 법한 말투로 무섭게 생긴 눈알 덩어리들을 흔들며, "이거 하면 이쁘겠네"라고 건들거리며 말했다. 마치 장신구를 파는 듯한 태도로 배려나 조심성은 전혀 느낄 수 없었다.

사장으로 보이는 남성은 내 의견은 묻지도 않은 채 마

음대로 하나를 골라 집어 들고는 "이거 껴." 하고 부하직원에게 건넸다. 그는 씻지도 않은 손으로 눈알을 물에 대강 굴린 후 내 옆으로 다가왔다. 나는 영화에서 본 고문 장면이 떠올라 순간 움찔하고 말았다. 덩치 큰 사내는 내 옆에 서서 연신 힘을 빼라며 말하고는, 내 왼쪽 눈꺼풀을 막무가내로 벌려 그 큰 눈알을 와자작 욱여넣었다.

"아 거, 눈 아래로 굴려봐요." 나는 명령에 복종할 수밖에 없었다. 나의 '진짜 눈알'이 떨어져 나갈 것 같았지만 '가짜 눈알'을 끼우기 위해 최선을 다해 시키는 대로 열심히 눈알을 굴렸다. 그런데 그런 노력도 성에 차지 않았는지, "아우, 이거 왜 안 들어가"라고 퉁명스레 말하며 얼굴뼈를 꽉꽉 눌러 가짜 눈알을 끼웠다. 그는 드디어 만족했는지, 나를 보며 "됐다. 예쁘죠?" 하고 대답을 강요하듯 물었다. 눈의 느낌도, 거울 속에 비친 얼굴도 이상했지만 나는 반사적으로 어색하게 끄덕였다. 그런데 사장으로 보이는 남성이 자신이 볼 때 조금 작은 것 같다며 다시 눈알 상자를 뒤적거렸다.

"야, 이거 넣어봐." 사장은 자신이 고른 눈알을 다시 부하 직원에게 건네며 지시를 내렸다. 부하직원은 다시금 내 눈꺼풀을 힘껏 벌려 힘겹게 들어간 눈알을 빼고, 또 다시 씻지 않은 손으로 가짜 눈알을 안구에 넣기 위해 이리저리 만지작거렸다. "저…… 그런데 손은 좀 씻으셔야 되는 거 아닌가요……" 하고 용기 내어 얼버무리듯 말하자, 그제야 그는 심드렁한 표정으로 세면대로 가 졸졸 흐르는 물에 씻는 시늉을 했다. 그 끔찍한 작업을 두세 차례 더 거친 후, 이게 아가씨 사이즈라고 사장이 만족스러운 표정으로 이죽대며 손거울을 건넸다. 원래 눈동자보다 1.5배는 커 보이는 갈색빛의 가짜 눈알이 왼쪽 얼굴에 박혀있었다. 눈꺼풀은 눈알에 비스듬히 걸려있었다.

 끔찍했다. 의안을 끼면 원래의 눈과 비슷해질 줄 알았는데 누가 봐도 나는 비정상으로 보였고, 장애인임을 알 수 있었다. 슬픔과 허탈함이 밀려왔다. '그래. 앞으로 이게 내가 평생을 거쳐 마주할 시련이겠구나.' 내 기분 따위는 안중에도 없다는 듯 사장은 나에게 눈알을 굴려보라고 재촉했다. 눈확orbit* 안쪽을 딱딱한 이물질이 꽉 채우자 아픈 통증과 불편함이 느껴졌다. 자유롭게 움직이는 오른쪽 눈에 비해 가짜 눈알은 초점이 거울 속 정면에 고정되어 있다. 그 모습을 보고 있던 엄마도 내심 충격을 받은 듯했다.
 사장은 눈치도 없이 "어때요? 괜찮죠?" 하며 연신 내 기분을 물었고, 빨리 결정하라는 듯 업체 명함을 내밀었다.

---

* 다른 말로 안와라고 한다. 안구를 둘러싸는 단단한 뼈로 구성된 빈 공간을 뜻하며, 내부는 안구, 눈확지방, 눈밖근, 시간신경 및 혈관, 섬유조직들이 들어있다.

"가격은 150정도 되고요. 아, 복지카드 있나?" "아, 아뇨. 아직……" 내가 힘없이 대답하자, "그거 있음 나라에서 50만 원쯤 줘. 그니까 이거 100만 원인 거야. 어때?" 하고 이런 고급정보는 어디 가서도 못 얻는다는 식으로 공격적이고 불편한 친밀감을 표시했다. 곤란한 시선을 보내는 내 마음을 눈치챈 엄마가 "조금 더 생각해보고 올게요"라고 말하며 나에게 일어나길 재촉했다.

박혀있던 눈알을 빼자 제대로 숨이 쉬어지는 것 같았다. 두렵고 무서웠다. 예의나 배려가 없는 사람들과 한 공간에 있다는 것이, 그리고 족히 100개는 넘게 들어있는 듯한 아크릴 소재의 투명한 눈알 박스가. 엄마와 상담실 문 밖으로 나오자마자 엉엉 울음이 터질 것 같았다. 왜 이런 대우를 받아야 하는지, 몹시 서럽고 불쾌하고 억울했다. 그리고 나처럼 장애를 입고 의안이 필요한 많은 환자들이 비슷한 과정을 겪어내야 한다는 사실이 너무 안타까웠다. 조금 더 조심스럽고 친절한 배려가 깃들어 있었다면 어땠을까. 무작정 겁을 집어먹지 않고 과정을 차근차근 겪어나갈 수 있었다면 정말 좋은 대안으로 받아들였을 텐데.

억울한 심정을 어떻게든 알려야 할 것 같아 안과 교수님께 직원들이 약속을 어겼던 일과 겪었던 불편한 상황에 대해 말씀드렸다. 그럼에도 분이 풀리지 않지만, 어쩌겠는가.

아직 내가 준비가 되지 않았던 거라고 마음을 다잡고 깊은 숨을 내쉰다. 이렇게 나의 첫 의안 경험기는 처참한 실패로 기록되었다. 하지만 언젠가는 다시 도전할 수 있을 거라 믿는다. 내게 필요한 것은 이 모든 변화를 받아들일 조금의 시간, 그뿐이기에.

○

흉터가 남았던
손톱을 잘랐어요

오른쪽 중지 손톱은 얼굴을 제외하고 유일하게 남은 사고 흔적이다. 얼굴뼈가 으스러지고 안구가 파열된 큰 충격에도 불구하고, 팔다리가 멀쩡하다는 것이 얼마나 큰 행운인지. 손톱은 당시 충격으로 피가 고이고 얇아져 흐늘거렸지만, 그대로 길도록 내버려 두었다. 불가피하게 닥친 아픔을 어쩌면 그대로 간직하고 싶었는지도 모르겠다. 갑작스럽게 생긴 큰 사고 이후, 한쪽 눈을 실명한 연약한 환자가 되어 치료에만 전념해야 하는 일상이 사실은 몹시 받아들이기 힘들었다. 과거를 회상하며 후회하지 않으려 노력했지만 젊은 나이, 창창하던 미래가 예정되어 있던 시절이 사무치게 그리운 것은 어쩔 수 없는 일이었다.

손톱에 남은 이 작은 흉터는 송두리째 바뀌어버린 현재를 설명해줄 유일한 단서 같았다. 이 흉터가 없어지면 갑자기 변해버린 일상을 설명할 수 없어 허무하고 한편으로는 억울할 것 같았다. 나의 비극에는 원인이 있고, 내 잘못으로 벌어진 일이 아니며 나는 아주 멀쩡하고 평범한 보통의 사람이었는데 그저 말에서 떨어져 상처가 난 것뿐이라고. 그리고 내가 다쳐서 그렇지, 원래는 지금보다 더 예쁘고 더 잘나갈 수 있는 사람이라고 말이다. 그 작은 손톱에 나는 내내 마음을 두고, 무기를 삼아 핑계를 대고 있었다. '이건 내 잘못이 아니야, 난 못난 사람이 아니야…… 다 사고 때문이야……'

　우주의 섭리에 따라 시간은 절대적으로 흐른다. 세상에는 영원한 기쁨도, 고통도 없다. 세상에 벌어지는 모든 일은 누구에게나 일어날 수 있고, 또 지나가기 마련인 것이다. 그렇기에 인생이 살 만한 것일 테다. 시간이 흐르면서, 당시의 충격을 간직한 멍든 손톱도 자라났다. 피멍이 들어서 빠질 것 같았는데 용케 버텨 새로이 돋아나는 것이 신기하게 느껴졌다. 세상의 진리를 품고 있는 듯한 기특하고 특별한 손톱을 잘라냈다. 새롭게 돋아난 건강한 손톱이 앞으로 더 좋은 일을 할 수 있길 바라면서.

○

드디어
안압이 재진다

안과 진료에 올 때마다 시력과 안압, 굴절력 등을 재는 몇 가지 간단한 검사들을 한다. 이 과정을 거치기 위해 환자 본인이 진료 차트를 가지고 검사 창구를 이동하면, 검사자가 검사 결과를 환자의 차트에 직접 기록해준다. 그렇게 메뚜기처럼 옮겨 다니면서 적게는 두 가지부터 많게는 서너 가지 검사를 모두 완료해야 비로소 진료실 앞에 대기할 수 있는 자격이 생긴다.

내 진료 차트에는 '좌안 LP (-) (Light perception negative)'라고 적혀있었는데 이는 빛 감지능력을 상실한 상태로, 바로 앞에서 불을 비춰도 알아차리지 못하는 상태를 뜻한다. 빛 감지능력을 상실했다는 것은 시력을 완전히 상실했다는 것을 의학적으로 표현하는 말이다. 이미 다 알고 있고 받아들인 내용인데도 막상 종이에 적혀있는 차트를 보니 마음이 씁쓸하고 아팠다. 가끔 검사를 받으러 가면, 이렇게 내 상태가 아주 잘 보이게 쓰여 있지만 으레 두 눈이 멀쩡한 줄 알고 다소 딱딱하고 조심성 없이 검사를 진행하는 검사자도 있다.

왼쪽 눈은 완전히 시력을 상실해 이미 보이지 않는 상태라 '얼마나 잘 보이는지'를 측정하는 시력검사가 필요하지 않는데도 가리개를 들고 왼쪽이나 오른쪽 눈을 가려보라고 하기도 한다. 그런 경우엔 "왼쪽 눈은 실명했어요. 불을 비춰도 안 보여요"라고 말한다. 그러면 기계적으로 대했던 검사자의 태도는 두 가지로 나뉜다. 첫 번째는 아차! 실수했다는 듯 미안한 표정을 지으며 "아 그러시군요, 그러면 왼쪽 눈은 안 하셔도 되고 오른쪽 눈만 확인할게요"라고 말하거나, 본인이 미처 확인하지 못한 것이 괜히 민망하니 시치미를 떼며 "아, 확인해야 해서 그런 거예요. 빛이 아예 안 보이시는 거예요?"라고 재차 상처를 입힌다. 최근에 와서야 아무렇지 않게 대답할 수 있게 됐지만 처음 그런 상황을 맞닥뜨릴 때는 마음을 크게 다쳤었다. 어떤 때는 무례한 검사자에게 울컥 화가 나 신경질적으로 "그렇다니까요!"라며 대답하기도 했다.

보통 사람들에게는 가장 쉽고 간편한 시력검사 코스를 힘겹게 마치고 나면, 다음 코스인 안압을 재게 된다. 사실

난관은 이때부터다. 자동안압계를 이용하는데, 눈을 망원경처럼 생긴 기계에 대고 있으면, 기계 안쪽에서 빠른 바람이 '쉭' 하고 나오며 안구 표면을 건드린다. 그 순간 안압이 재지게 되는데, 내 왼쪽 눈은 눈꺼풀이 닫혀있는 데다 안구가 흐물흐물하니 측정이 어려웠다. 자동안압계로 되지 않으면 직접 수동안압계로 재야 한다. 길고 커다란 체온계처럼 생긴 안압계를 들고 내 왼쪽 눈을 벌린 후, 하드렌즈 뽁뽁이같이 생긴 안압측정기 끝을 내 안구 각막 표면에 살짝 갖다 댄다.

하지만 이 과정도 수월하지 않다. 내 안압을 잴 수 있는 사람은 단발머리를 한 솜씨 좋은 1년 차 전공의 선생님 한 명뿐이었다. 대개 정상 안압은 10~21mmHg인데, 눈꺼풀을 겨우 벌려 잰 내 왼쪽 안압은 2mmHg였다. 정상 안압을 유지하는 것은 안구의 기능과 모양을 유지하는 데 굉장히 필수적이다. 안압이 나처럼 너무 낮으면 안구의 모양이 유지가 안 되고 흐물흐물해져 있다는 뜻이다.

하지만 안압이 너무 높은 경우도 위험하다. 특히 다양한 원인으로 안압이 높아지는 질환을 '녹내장'이라고 하는데, 안압이 심하게 높아지면 시신경이 다치고 실명할 수도 있어 아주 각별한 관리가 필요하다. 이토록 잘 유지되어야 할 안압인데, 나의 왼쪽 안구는 안압이 너무 낮다 보니 자동안압계나 수동안압계로는 측정이 잘 되지 않았고 자꾸 에러가 났다.

○

이후 안압을 잴 때마다, 몇 차례의 삐빅거리는 에러 메시지가 뜨면 검사자는 난처해하며 이렇게 묻는다. "저번에는 안압이 재졌었나요?" "아뇨. 제 눈이 원래 잘 안 재져요. 괜찮아요……"라고. 환자가 검사자를 위로하는 웃픈 상황이다. 검사자는 머쓱한 표정으로 진료 차트에 안압 측정 불가라는 (-) 표시를 하고, 나를 보내주었다.

그런데, 신기한 일이 벌어졌다. 안압이 너무 낮거나, 그래서 재지지 않고 오류가 났던 수많은 검사 중 오늘의 검사에서 신기하게도 안압이 재지는 것이다! '삐빅삐빅' 소리만 날 뿐 재지지 않던 왼쪽 눈의 안압이 드디어 처음으로 재진 것이었다. 심지어 12mmHg라는 정상 수치였다. 믿기지 않았다. 뭉개져서 흐물흐물해진 눈이 이제는 안정적으로 형태가 잘 유지되는 단단한 상태가 됐다니. 눈을 다친 이래로 이렇게 기쁜 날이 있었나 싶었다. 사실 매번 안압계를 들고 당황스러워하는 선생님을 마주하는 것이 미안하기도 했고, 남들은 너무나도 당연하게 정상 범위로 잘 유지되는 안압이 나만 에러로 재지지 않는 상황에 내심 속상했기 때문이다.

같이 외래에 온 엄마는 "네가 다치기 전에는 몰랐는데, 눈이 두 개라는 게 참 대단한 일이었구나 싶다"고 하셨다. 나 역시도 그런 생각이 들면서도, 한편 지나가는 사람들의 눈을 보며 마음 아팠을 엄마를 생각하니 짠한 마음이 들었다. "근데 엄마. 나는, 하나를 잃었는데도 그래도 이렇게 볼 수 있으니 얼마나 다행이야!" 하고 엄마를 애써 위로했다. 그리고 다짐했다. 고생한 엄마와 왼쪽 눈을 위해서라도, 앞으로의 삶에 담길 모든 풍경에 감사하며 살겠다고. 정상 수치의 성적표를 받은 나의 눈아, 고맙다.

○

킁킁 어디서
발 냄새가

며칠 전부터 나는 사냥개처럼 킁킁거렸다. 된장 냄새처럼 쿰쿰하기도 하고, 꼬릿꼬릿한 발 냄새 같기도 한 불쾌한 냄새가 주변을 맴돌았기 때문이다. 처음에는 복귀 축하 겸 내 자취방에 놀러 온 친구의 발 냄새인가보다 생각하고, 이 정도 발 냄새쯤이라는 생각으로 아무 말 없이 환기를 시켰다. 그런데 그렇게 하루를 보내고, 다음 날 동생차를 탔는데도 또 비슷한 냄새가 나는 것이다. 나는 다짜고짜 동생을 의심했다. 동생은 자신이 방금 운동을 하고 와서 그런 것 같다며, 왠지 자기한테서 나는 냄새인 것 같다고 했다. "그럼, 그렇지! 너 발 냄새 나는 거 맞는 거 같지!?" 의기양양해진 나는, 심지어 "괜찮아, 참을 만해"라면서 선심 쓰듯 말했다.

그런데 운전하던 동생이 영 개운치 않은지, "이상하네……"라며 자신의 발쪽을 가리켰다. "나 아닌 것 같은데…… 언니가 이쪽으로 코를 대고 한번 맡아볼래?"라고 했고, 나는 경악스러운 표정으로 고상한 척을 하며 거절했다. "아냐. 이따 집에 가서 확인해보면 되지."

주차를 하고 집에 와 맨 먼저 자신의 발 냄새를 맡아본 동생이 갸우뚱하며 말했다. "언니, 내 발에서 아무 냄새도 안 나는 거 같아. 못 믿겠으면 맡아봐." "그럴 리가 없는데……" 약간의 불안함이 스멀스멀 밀려왔지만 나는 확인해보고 싶었다. 동생 발에 슬쩍 코를 가져다 댔는데 정말 아무 냄새도 나지 않았다. '그럼 도대체 이 냄새의 정체는 뭐지?' 가슴이 쿵쾅거렸다. 갑자기 악몽이 떠올랐다. 얼마 전 두 번째 복귀를 앞두고 발생한 염증으로 누렇게 흘러나오던 고름 사건이.

그랬다. 처치를 했어도 계속 나는 냄새의 원인은 내 코, 정확히 말하면 수술 후 감염과 염증이 생겼던 부비동 쪽이 원인인 듯했다. 생각해보니 그때도 이런 비슷한 냄새가 났었다. 정확한 의학 용어로는 'Foul-odor'*라고 하는데, 대개 와상 상태의 노인 환자나 감염이 심한 환자의

○

* 고약한 악취를 뜻하며 대개 감염 조직이나 분비물에서 나는 썩은 냄새를 뜻한다.

분비물에서나 맡을 수 있는 냄새다. 그런데 이 냄새를 코에 달고 다니게 생겼으니 환장할 노릇이었다. 좋은 향을 맡고 즐기는 것을 삶의 질을 높이는 행위의 하나로 생각하는 나로서는 아주 곤란하지 않을 수 없었다. 되짚어보니 냄새를 인지하기 시작한 날은 내가 내시경실 의사로 복귀해 병원 일을 시작한 날이기도 했다.

그런데 냄새는 주말이 되어 쉬자 감쪽같이 사라졌다. 무리하면 나고, 쉬면 사라지는 이 냄새의 원인을 추측해보자면, 무리로 인해 상처 조직이 붓고 미세혈관이 눌리게 되는데, 때문에 충분한 혈액과 산소가 공급되지 않아 염증이 악화됐거나 또는 부은 조직 근처의 작은 틈새가 막혀버려 정상적으로 흘러나가고 순환되어야 할 눈물이나 콧물 같은 체액이 고이며 균이 번식한 것일 수도 있었다. 정확한 기전은 알 수 없지만, 무리 여부와 냄새의 발생이 인과 관계를 갖는다는 것은 위험한 사인이었고, 그것은 내가 일을 중단해야 한다는 뜻이기도 했다. 모든 문제가 내 안에서 벌어지고 있었는데, 나는 또다시 바깥에서 원인을 찾고 있었다. 괜히 탓할 대상을 찾고 회피하는 태도로.

○

어디선가 솔솔 풍겨오는 '불쾌한 냄새'는 몸이 나에게 보내는 신호였다. 지금이라도 무리하면 안 된다는 사실을 알아챈 것이 어쩌면 다행이라는 생각이 들었다. '발 냄새'가 없었다면 아마 몸이 나빠지는 것도 모르고 계속 무리하고 욕심을 내다가 더 손쓸 수 없는 지경까지 갔을지도 모른다. 이미 나빠진 것인지 아니면 좋아질 여지가 있는 것인지는 알 수 없지만, 어디선가 익숙지 않은 냄새가 풍겨오면, 훨씬 더 조심하고 주의해야겠다는 것만큼은 분명하다. 아우, 건강해지기 정말 어렵다.

○

세상에서 가장
슬픈 블루베리

드디어 봄이 왔다. 영영 오지 않을 것 같았던 따뜻한 봄이다. 나무에는 새순이 돋고, 개나리가 노랗게 피었다. 억지로 애쓰지 않아도 시간이 흐르면 어김없이 싹이 돋고 꽃이 피는 것이 자연의 섭리인가 보다. 나에게 봄은 영영 오지 않을 것 같더니 오긴 오는구나. 날씨가 따뜻해지니 싱싱한 과일이 먹고 싶어져 오랜만에 마트에 갈 채비를 했다. 병원에 실려온 후 한참 동안 입원해 있느라, 퇴원 후에는 본가에서 지내느라, 그리고 최근에는 힘들게 치료에 전념하느라 마트에 갈 여력이 없었다. 지난 4개월, 늘 누군가의 돌봄을 받아야 하는 처지였던 나는 마트에 가서 생필품과 식재료를 사는 일이 누군가에겐 정말 사치가 될 수 있겠구나, 하고 깨달았다. 몸의 한 기능이 망가지고 보니, 독립적으로 일하고 스스로 돈을 벌고 물건을 사고, 또 음식을 해먹을 수 있다는 것이 생각보다 굉장한 일이라는 생각이 들었다.

익숙한 길을 걸어 그렇게 자주 드나들었던 동네 마트에 발을 들이는 순간, 내가 다시 이 사소한 사치를 누릴 수 있다는 사실에 얼마나 감사했는지 마음이 온통 벅차올랐다. 이 정겨운 풍경이 얼마나 그리웠던가. 진열대에 놓인 과일과 생기 가득한 채소들, 세일을 알리는 직원의 음성, 바코드 찍는 소리 등 일상의 반가운 소음들이 긴 여행을 마치고 막 돌아온 나를 반갑게 맞아주는 것 같았다.

과일 코너에서 싱싱한 과일들을 보며 딸기 한 팩을 집어 들었다. 작게 난 포장용기 구멍 사이로 향긋한 냄새가 풍겼다. 지체 없이 딸기 1kg과 금귤 두 통, 채소 한 봉지, 당근 한 봉지 그리고 눈에 좋다는 블루베리 한 통을 집어 들었다. 오랜만에 들러 감회가 새로웠던 만큼 욕심이 나서 다 사고 싶었다. 하지만 의욕이 과했던 걸까. 이손저손으로 급하게 집다 그만 몽땅 놓쳐버리고 말았다. 내가 예전 같지 않음을 잠시 망각한 것이다.

○

주황색 금귤과 작고 동글동글한 보라색 블루베리가 내 속도 모르고 사방팔방으로 굴러갔다. 나는 허망하게 한쪽 눈으로 보고만 서있다 얼른 정신을 차리고 줍기 위해 애썼다. 그러다 일부를 밟아버리고 말았고, 그것들은 터져 바닥에 온통 노랗게, 또 보랏빛으로 물들어 퍼졌다. '왜 욕심을 부렸을까.' 사실 이건 다치기 전의 나라도 했을 실수였다. 내 손으로 들 수 있는 짐의 양이 분명히 있는데, 왜 욕심을 내서 일을 치고 만 것일까. 하긴, 이런 일은 언제나 의욕 넘치고 빠름과 효율을 외치는 내가 자주 치는 사고요, 주의해야 할 습관이었다. "죄송한데…… 제가 떨어뜨려 버렸어요. 혹시 좀 도와주실 수 있나요?" 한 눈만 뜬 채로 미안한 표정을 보이며 마트 직원분께 부탁했다. 직원분은 당황하지 않고 나긋이 대답했다. "네, 그럼요. 그런데 손님, 가격은 지불하셔야 해요." "네, 당연히 그래야죠. 정말 감사해요"라고 경쾌한 대답을 덧붙이며 함께 수습했다.

욕심은 적극적으로 덜고, 도움은 적극적으로 더해야 하는 상태가 되었다. 모든 인간이 한 번쯤은 겪게 되는 자연스러운 변화다. 대부분의 사람들은 노화로 이런 상황을 맞이하지만, 나는 조금 일찍 맞이한 셈이 됐다. 이것도 인정하고 나니 썩 나쁘지만은 않았다. 그래. 도움을 받아야 하는 상황이면 받아야지, 뭐 어떡하겠어. 어찌 보면 나이 들어 바뀌기 어려운 인간이 되었을 때보다, 좀 더 수월하게 받아들이고 마음을 열 수 있게 되었는지도 모른다.

습관과 욕심의 무서운 관성을 다시 한번 깨닫는다. 그리고 똑같은 실수를 반복하지 않으려 마음을 먹고, 달라진 몸 상태에서 오는 변화를 위해서 성찰과 노력이 필요하다는 점도 되새긴다. 블루베리는 절반으로 줄었지만 도움 청할 용기는 가득 채운 날이다.

○

애플워치에
숨겨진 뜻

오랜 친구인 K가 선물을 보내왔다. 진로 고민으로 방황하던 20대 시절, 같이 수다도 많이 떨고 운동도 하며 친하게 지냈던 친구였다. 자주 만나지는 못했지만 서로를 아끼는 사이였던 우리는 내가 사고 전 마지막 통화를 나눈 이이기도 했다. 그는 자신의 오른쪽 눈이 녹내장으로 실명할 수 있다는 얘기를 들었다며 마음이 힘들다고 했다. 이미 녹내장 합병증으로 시야 일부는 사라진 상태였지만, 더 진행하는 것을 최대한 막기 위해 안약을 잘 넣고 관리를 철저히 해야 한다며 겁이 난다고 했다. 나는 그에게 녹내장과 관련한 케이스를 이야기해주며, 건강관리를 잘해야 한다고, 조금이라도 이상이 있으면 꼭 병원에 가라고 신신당부했다. 그런데 내가 낙마 사고로 실명을 하게 된 것이다. K는 SNS도 하지 않고 사는 곳도 꽤 멀리 떨어져 있어서 내 소식을 전해 듣기 어려웠고, 나도 나의 비극적인 소식을 전하는 것이 실명에 대한 두려움을 안고 있는 그에게 큰 충격이 될까 따로 이야기를 전하지 않았다.

하지만 유튜브 영상으로 사고 소식과 그 후 이겨내는 과정을 있는 그대로 보여주게 되면서 자연스레 그에게도 내 상태가 알려지게 되었다. 우리는 만났고, 유튜브로 내 모든 소식이 공유된 덕분에 상실에 대한 이야기는 하지 않아도 되었다. 대신 오래전의 즐거웠던 과거와 앞으로 다가올 미래에 대해 이야기꽃을 피웠다. 대화 도중 나는 인사말로, 그가 차고 있던 애플워치를 보고 "이거 차면 뭐가 좋냐?"라고 이야기하고 지나갔는데, 그에게는 그것이 인상깊었었는지, 며칠 뒤 나에게 비싼 애플워치를 선물로 보내주었다.

그는 사실 오랜 기간 진로 고민으로 방황하고 있던 상태였는데, 워낙 모든 사람들을 진심으로 대하고 내어주는 성격이라 그만큼 배신을 잘 당하기도 하고 가끔은 가족이나 주변 사람들에게 받은 상처로 크게 아파하는 사람이었다. 그는 내게 꼭 주고 싶은 선물이라고 했다. 그러면서 마음 편히 핸드폰을 집에 두고 나가도 병원에서 오는 콜도 받을 수 있고 또 산책도 편하게 할 수 있으며, 게 다가 사고가 났을 때 내가 설정해 둔 사람에게 긴급 연락도 간다고 했다. 직업적 특성상 응급 연락을 계속 확인해야 하는 나를 배려하고, 멀리 떨어진 지역에서 사고가 나서 구급차에 실려 왔던 나를 안타깝게 여긴 친구의 마음이었다. 그는 그리고 이렇게 덧붙였다. 때로 인간관계로 너무 지쳐서 떠나고 싶을 때 핸드폰과 멀어지라고. 그리고 조금씩 산책하며 광합성을 하면 기분이 좋아질 거라고.

친구는 어쩌면, 힘든 치료로 약해진 내가, 하루에 몇 걸음이라도 더 걷고 움직일 수 있도록 용기와 격려를 전해주고 싶었던 것 같다. 또 앞으로는 더 다치지 않기를, 그리고 혹시 모를 상황이 생겨도 애플워치 덕에 빨리 구조될 수 있길 바라는 마음도 담았던 게 아닐까 싶다.

어느 따스한 날 아침, 나는 친구가 준 애플워치 덕분에 용기를 얻어 집 근처 공원에 나갔다. 그의 설명대로 핸드폰을 두고 애플워치만 찬 상태였다. 따뜻하게 비추는 햇살은 내게 새로운 희망을 불어넣어 주었다. 다친 뒤 4개월만에 처음으로 운동복을 입고 밖으로 나온 참이었다. 사고 전에는 매일 새벽 헬스장에 가거나 한강을 달리던 나였지만, 사고 후에는 밖으로 나올 엄두조차 내지 못했다. 무엇보다 마음의 준비가 되지 않았던 탓이었다. 하지만 그가 불어넣어준 용기 덕분에 나는 한 걸음 더 내디딜 수 있었고, 한 걸음을 내딛자 그 다음 도약을 할 수 있었다.

한 때 '체력왕'이라고 불리던 내가 체력이 약해져 고민이라는 이야기를 하자, 러닝 크루 동료들은 나를 끌고 러닝을 시켰다. 그들은 겁을 잔뜩 먹은 나에게 힘들어도 걷거나 절대 멈추지 말고 느려도 좋으니 뜀을 유지하라고 했다. 걷는 것보다 더 느린 속도로 헉헉거리며 뛰고 있는 나의 옆에서 '조금만 더 가면 된다'고 응원을 해준 그들 덕분에 나는 사고 전에도 완주하지 못했던 5km 달리기를 성공할 수 있었고, 50분 가까이 걸렸던 거리를 40분으로, 그리고 30분대로 당겨 진입할 수 있게 됐다. 한쪽 눈만 남은 몸 상태로는 아무것도 할 수 없다고 생각했던 날들이 까마득하게 느껴졌다. 회복하는 과정의 8할은, 소중한 사람들의 도움 덕분이었다.

그러던 어느 날, 그날도 역시 친구가 선물해준 애플워치를 차고 러닝 크루 동료들과 상쾌한 달리기를 마치고 돌아가는 길이었다. 신나고 뿌듯한 마음으로 기록을 사진으로 남기는데 화면에 문자 알림이 떴다. 순간 스팸문자인가 싶었지만, 그것은 틀림없는 부고 소식이었다. 보고도 믿을 수가 없었다. 내게 애플워치를 선물해준 친구의 이름 앞에 '고인'이라는 단어가 붙어 있었다. 순간 가슴이 꽉 막혀 앞이 보이지 않았다. 내게 이런 삶을 선물해주고 세상을 떠난 친구가 갑자기 너무 보고 싶었다. 이유는 알 수 없었다. 다만, 그는 마지막까지도 자신이 좋아하는 사람을 위해 마음을 썼다는 것밖에는.

　나는 다짐했다. 친구의 따뜻한 마음이 가득 담긴 애플
워치를 몸에 지닌 채, 독하게 마음먹고 반드시 건강하게
회복해서 하늘에서 보고 있을 친구에게 보답하겠다고.
한쪽 눈으로 잘 살아갈 수 있음을 몸소 보여주어 실명에
대한 두려움으로 힘들어하는 다른 사람들에게 용기를 전
하겠다고. 그리고 네가 나에게 준 그 선한 마음을 나 또한
다른 이들과 나누면서 살겠다고.

○

심하지 않은
장애인이라고요?

매년 4월 20일은 '장애인의 날'이다. 민간단체에서 1972년부터 개최해 오던 '재활의 날'을 1981년부터 국가에서 장애인의 날로 명칭을 바꾸고 기념행사를 해왔다고 한다. 장애인의 날은 장애인에 대한 국민의 이해를 깊게 하고, 장애인의 재활 의욕을 높이기 위해 법정 기념일로 정해졌다. 장애인의 날인 4월 20일부터 일주일간은 장애인 주간으로 정해져 다양한 기념행사가 열리는데, 주무 부처인 보건복지부와 다양한 장애인복지단체, 한국장애인개발원 등이 주관한다.

내가 속한 공동체는 장애인과 함께 살아가기 위해 어떤 노력을 기울이고 있는지 궁금해졌다. 가로등에 걸려 있는 장애인의 날 행사 현수막을 보고 한번 들어가 볼까 생각도 했지만, 어쩐지 아직은 자신이 없었다. 내가 즐겨 사용하고 있는 종합 금융 플랫폼 '토스'에서 장애인의 날을 기념하여 점자 카드 만들기 이벤트를 연다는 알림을 보내왔다. 무심코 핸드폰 화면에 뜬 '장애인 날'을 함께하자는 토스의 알람이 그토록 따뜻하게 느껴질 수가 없었다. 한쪽 눈을 잃게 되기 전까지는 부끄럽게도 나는 이날의 존재조차도 몰랐다.

내 생애 첫 장애인의 날을 맞이하여 아직은 익숙지 않은 초보 장애인으로서 느낀 바를 조금 풀어보려고 한다. 실명 장애를 받아들이며, 장애등록 절차를 알아보던 날이 떠오른다. 아무리 뒤져도 장애등록에 정확히 어떤 서류와 절차가 필요한지 알 수가 없어 고생했던 그때를 떠올리면 아직도 분노와 답답함이 밀려온다. 정확한 정보를 얻기 위해 지자체와 담당 국가 기관인 연금보험공단에도 전화를 해보았지만 두 곳 모두 하나같이, "우리는 잘 모르니 다른 쪽(지자체는 공단, 공단은 지자체)에 연락해보세요"라고 일을 미루었다.

제대로 된 정보를 수집하고 나서도 문제였다. 병원에서 장애를 증명하는 서류를 떼는 것은 보통 일이 아니었다. 수많은 시간을 기다리고 또 기다려야 했고, 하나라도 부족하거나 잘못되면 똑같은 과정을 반복해야 했다. 우리 병원의 제 증명 창구 직원은 다행히도 수만 케이스의 장애를 마주해서인지 알아서 척척 서류를 떼 주었지만 다른 분들은 어떨지 참으로 아찔하다. 공공기관 제출 서류는 밀봉 상태여야 한다는 것도, 그를 통해 처음 배웠다. 그런데 가장 불편하고 마음이 다쳤던 것은, 장애를 나눠 부르는 '이름'이었다.

2019년부터 장애인등급제가 폐지되면서 장애인들은 두 가지 분류로 나뉘었다. '심한 장애'와 '심하지 않은 장애'. 어딘가 모호하고, 자극적이다. 1급, 2급 혹은 가군, 나군처럼 비차별적 용어로 분류할 수도 있는데 심한 정도에 따라 장애인을 가르는 이런 용어가 과연 맞는가 하는 의문이 들었다. 어디까지가 심한 정도이고, 어디까지가 심하지 않은 정도란 말인가. 이 과정에서 많은 장애인과 가족들이 마음을 많이 다친다. 실제로 내 동생은 내가 '심하지 않은 장애'로 분류되었다고 했더니, 왈칵 눈물을 쏟았다. 갑작스러운 신체 상실로 장애인과 그 가족들이 겪은 고통을 국가가 가벼이 여기고 폄훼하는 기분이 든다고 했다. 누군가에게는 극심한 고통이 국가가 볼 때는 별것 아닌 걸로 치부되는 느낌이랄까.

반면 '심한 장애'로 분류되었어도 마찬가지였을 것이다. 정도가 심하다는 표현 하나만으로 장애인의 사회 복귀와 회생 의지를 꺾어버릴 수 있다. 만약 내가 나의 장애 등급을 대답해야 하는 자리가 있다면, "저는 심한 장애인입니다. 혹은 저는 심하지 않은 장애인입니다"라고 답해야 한다. 왜 나의 고통을 국가가 마음대로 분류해 부르는지 아직도 의문이다. 이렇듯 시작부터 용어 하나만으로 국가가 장애인에게 2차 피해를 가하고 있는 셈이다.

이러한 등급 나눔 체계는 복지서비스 제공 차원에서도 전혀 효율적이지 못하다. 포털 서비스에 '장애등급'이라고만 쳐도 수많은 장애를 가진 사람들과 그 가족들이 겪는 혼란을 직간접적으로 느낄 수 있다. 지자체 홈페이지에도 여전히 과거 6등급으로 분류하던 체계로 설명이 되어 있으니, 도움이 필요한 장애인들에게는 과연 어떤 게 맞고, 어떤 게 정확한 정보인지 혼란스럽다.

장애는 그 누구에게도 발생할 수 있다. 정말이다. 하루에도 수백 수천 건의 사건 사고가 발생한다. 밖은 도처에 위험한 것들로 가득하고, 우리는 불시에 공격을 받기도 한다. 누구든 겪을 수 있는 아픔과 불편함을 대비해 많은 것들이 수정되고 또 보완되어야 한다. 그리고 살펴야 한다.

불편을 어쩔 수 없이 받아들이고 감수하며 살아가는 장애인에게 국가가 따뜻한 보살핌은 못 줘도 잔인한 2차 피해는 가하지 말아야 할 것이다. 첫 '장애인의 날'을 맞이한 초보 장애인의 시작이 심상치 않지만, 내가 쓰임이 있는 곳이 있을 수 있다고 생각하니 갑자기 의욕이 솟는다. 겪어보지 않으면 모를 일들에 대해 나는 또 이렇게 하나 배우고, 더 나은 사람이 되어간다.

불가능할 것 같았던
완벽한 복귀

내시경실 풀타임 복귀를 하겠다고 덜컥 용기를 냈지만 쉽지는 않았다. 아직 체력도, 마음도 온전치 않은 상태였다. 그만두고 쉴까 수없이 고민하며 하루에도 몇 번씩 마음이 오락가락했다. 이런 나에게 엄마는, 자리로 돌아가 그동안 보살펴주신 교수님들께 도리를 다하라고 했고, 아빠는 내가 전문직이라 다행이라고 했다. 일반 직장이라면 한쪽 눈을 실명하고 복귀가 쉽지 않았을 거라고 했다. 모두 맞는 말이었다. 하지만 어쩐지 정말 이 길이 맞을까 하는 의문이 들었다. 힘들어도 돌아갈 곳이 있다는 것은 감사한 일이었다. 인생이 온통 뒤바뀌는 대신, 한 단계씩 나아갈 곳이 있다는 건 회복에 도움이 되었다. 나는 한쪽 눈만 가지고도 이전처럼 해낼 수 있다는 것을 증명하고 싶었다. 내 인생에서 예측하지 못한 핸디캡을 안고, 나는 그렇게 마음을 다잡았다. '그래, 일단 해보자.'

소화기내과 임상강사로 수련 중이던 내가 처음 눈을 다쳐 실려 왔을 때, 많은 사람들이 안타까워했다. 내가 맡은 분야는 위장관을 통과하는 내시경 기술을 통해 병을 진단하고 치료하는 일이었기 때문이다. 눈을 다쳤기 때문에 내시경 화면을 보고 진단하는 일이 어려울 거라 생각하는 사람들도 많았다. 피아노 전공자가 손가락을 다친 것처럼 말이다. 주변 동료들은 내시경 등 시술을 하지 않아도 되는 '내분비내과'나 '신장내과' 혹은 '감염내과' 쪽으로 진로를 바꿔보면 어떻겠냐는 조언도 건넸다. 여러 조언들을 듣고 있자니 오히려 더 길이 보이지 않아 막막한 기분이었다.

내시경을 진행하기 전 인체 모형에 먼저 연습을 했다. 한쪽 눈으로 내시경 화면이 전송되는 컴퓨터 모니터에 집중하고 있으면 다행히도 나머지는 몸은 기억하고 알아서 움직였다. 그렇게 연습을 마치고 긴장되는 마음으로 복귀 후 첫 내시경을 잡았다. 긴장이 몰려와 심장이 두근거렸다. 그런데 요동치는 심장과는 별개로 양쪽 손발은 날개를 단 듯 자유롭게 훨훨 움직이고 있었다. 왼쪽 손으로는 내시경 방향과 꺾는 각도를 조작하는 놉knob을 요리조리 움직였고, 오른쪽 손으로는 내시경 끝 선단부를 잡고 진입 속도를 조절했다. 알 수 없는 감정이 밀려왔다. 2D 모니터를 보고 진단하고 치료하는 내시경은 한쪽 눈으로도 충분하구나. 나 할 수 있구나.

실제로 눈이 두 개인 이유는 3차원 입체 환경에서 겹쳐지는 시야를 통해 거리 감각을 유지하기 위함인데, 2차원 화면을 볼 때는 세밀한 거리감이 필요치 않았다. 마치 현미경을 볼 때 반대쪽 눈을 감고 렌즈에 댄 한쪽 눈에 온갖 신경을 집중하는 것과 같았다. 오히려 한쪽 눈으로 모니터 화면을 뚫어지게 집중해서 보니 용종을 더 잘 찾아내기도 했다. "야, 너 한쪽 눈으로 용종 되게 잘 찾는다?" 한쪽 눈으로밖에 볼 수 없는 내 시선을 이해하기 위해, 소화기내과 어른 교수님도 한쪽 눈을 감은 채 내시경을 잡으셨다. 그렇게 나는 나의 본업으로 기적처럼 복귀할 수 있었다.

당시 나와 가깝게 지냈던 많은 분들이 나의 일상을 이해해보기 위해 일부러 한쪽 눈을 감고 일상을 보내기도 했다. 한쪽 눈으로 거리를 걷고, 운전을 하고, 심지어는 내시경을 해보는 노력들을 통해 온전히 나를 이해하고 내 삶을 응원하고자 했다. 사람들은 자신이 겪어보고 이런 점은 불편하겠구나, 이런 점은 충분히 지장 없이 해낼 수 있겠다고 자신감을 불어넣어 주었다. 그들 덕분에 나는 한쪽 눈으로도 많은 것을 할 수 있는 서연주로 점차 회복되고 있었다. 평소 나를 많이 챙겨주었던 외래 간호사 선생님은 막 복귀한 나에게 본인의 대장 내시경 시술을 부탁했다. 본인의 몸을 맡길 정도로 내 능력을 신뢰하고 있다는 뜻으로, 내게 믿음과 용기를 주기 위해서였다. 벅차고, 감사하고, 또 안도감이 들었다.

다친 후의 나는 모든 검사에 더 정성을 기울였다. 내게 기꺼이 몸을 맡겨주는 모든 환자들에게 감사하고 최선을 다해야겠다는 생각이 들었다. 나의 성격상 내가 가진 신체적 한계로 인해 환자에게 문제가 생기거나 피해가 생기는 일은 용납할 수 없었고 있어서도 안 되는 일이었기 때문이다. 내 능력이 변함없다는 것을 증명하기 위해 애쓰는 과정은 사실 나 자신에게 떳떳하기 위해서였다.

하지만 갑자기 두 배의 짐을 짊어지게 된 남은 눈은 번쩍거리는 불빛을 힘들어했다. 정신없이 내시경 시술을 하고 나면, 눈 주변으로 어느 새 눈물 자국이 허옇게 눌러붙어 있었다. 눈이 시리고 아팠다. 그럴 때마다 마음이 덜컥 내려앉았다. '만약 남은 한쪽 눈도 시력을 잃으면 어쩌지.' 온통 캄캄해지는 장면은 생각만 해도 소스라치게 무서웠다. 눈이 아플 때마다 마음이 온통 복잡해졌고, 내가 지금 너무 무리해서 욕심내는 것은 아닐까 두려웠다.

○

퇴근하면 온몸이 쑤시고 녹초가 되기 일쑤였다. 체력관리가 관건이었다. 'Daily Habit'이라는 습관 체크 시트를 다운 받아 핸드폰 홈 화면에 넣어두고, 주 3회 산책을 하겠다는 목표를 세웠다. 아무 생각도 하지 않고 일단 걸었다. 어느 날은 10초 정도만 뛰었는데도 금세 쥐가 나고 알이 배겨 혼이 났다. 하지만 꾸준히 지켜나가자 나도 모르는 새 컨디션이 조금씩 나아지고 있었다. 복귀 중반부터는 퇴근 후에도 체력이 조금씩 남아 이것저것 다른 일도 할 수 있었다.

본업이 있는 일상에 적응하고부터는 사회적 책임을 지고 있던 단체들에서의 활동도 재개했다. 한편으로는 매 순간 무리하는 것은 아닌지 위태로운 줄타기를 하는 것 같았지만, 언제고 움츠리고 있을 수만은 없었다. 체력과 신체에 한계가 생기다보니 한 가지에 집중하기 위해 다른 것을 포기해야 하는 경우도 있었는데, 일의 우선순위를 정하는 것은 참 어려운 일이었다. 지나고 보니 모든 것을 닥치는 대로 하며 바쁘게 지냈던 그동안의 삶은 무엇이 먼저인지, 무엇을 내려놓아야 하는지 포기하는 용기가 부족했던 것은 아닐까 하는 생각이 들었다.

여전히 다양한 고민과 어려움이 남아있다. 하지만, 이제는 자신감이 생겼다. 6개월 전 사고가 나고 강원도에서 서울까지 구급차로 실려 오던 일, 실명 판정을 받았던 일, 재수술, 감염으로 오른쪽 눈까지 잃을지 모른다는 공포로 마음 졸이던 날들을 생각하면 정말 많은 것들이 나아졌다. 기적이라고밖에 설명할 수 없다. 그동안 지켜봐주고 응원해준 모든 분들께 깊은 감사의 마음을 전하고 싶다. 그리고, 가장 많이 나에게 칭찬을 해주고 싶다. 나 자신, 정말 수고했다.

○

의사는 환자를
봐야 해

"서연주! 할 것 없으면 같이 회진이나 돌자."

오후 내시경이 끝나 무료하게 앉아있던 내게 교수님이 말씀하신다. 1년 차 펠로우 말에는 다쳐서 환자로 입원해 있느라, 2년 차 펠로우에는 내시경만 하기에 병동 환자를 본 지가 한참이나 된 것을 알고 하시는 말씀이다. 마침 교수님 담당 1년 차 펠로우가 개인적인 사정이 있어 반차를 내고 병원에 없던 참이었다.

○

"의사는 환자 너무 오래 안 보면 감 떨어진다."

"네? 네네."

갑작스러운 오더에 정신없이 대답을 마치고, 환자 명단 뽑을 새도 없어 노트와 펜 하나만 챙겨 들고 급히 교수님을 따라나섰다. 맨 위층부터 회진을 도는데 입원해 있던 기억이 새록새록 떠올라 감회가 새로웠다. '그렇지, 원래 이 병동은 내가 의사 가운을 입고 환자를 보러 다니던 곳이었지.'

새로운 감회에 젖을 틈도 없이 교수님을 곧바로 쫓아야 하기에 정신을 바짝 차린다. 환자들은 교수님을 볼 때마다 오래 기다렸다는 듯 반가운 기색이다. 환자와 말씨름을 하기도 하고, 또 걱정하지 말라 안심시켜 주기도 하면서 능숙하게 회진을 도시는 교수님의 모습에, 병원에서 '의사'라는 역할이 어떤 것인지 다시금 깨닫게 되었다. 어느덧 익숙해진 일과가 지루해 괴로웠던 참이었는데, 그런 나의 상태를 어떻게 아시고 다시금 열정을 채워주기 위해 애써주시는 노교수님의 배려에 감탄을 하지 않을 수 없었다. 역시 존경받는 스승님들의 행동에는 무언가 큰 가르침이 담겨 있다.

그런데 전공의 시절 하도 들락날락해 꿈에서도 누르고 다녔던 중환자실 비밀번호가 생각나지 않았다. 회진 가이딩을 하다가 중환자실 앞에서 돌처럼 굳은 나를 제치고 교수님이 스스로 비밀번호를 누르고 이끄신다. 간호사 선생님들은 내가 담당 전공의라고 생각하고 환자 관련한 질문과 노티를 연신 쏟아낸다. 내가 보던 환자가 아니었던 탓도 있지만, 의사로 환자를 본 지도 너무 오래 돼서 대답할 수 있는 것이 많지 않았다. 꿈에서도 생각나던 의학 지식들과 환자 보는 법을 잊어버린 내 모습에 내가 깜짝 놀라고 말았다. 부끄러움에 얼굴이 빨개졌다.

"아휴 회진 돌기 힘들다."

교수님은 푸념을 늘어놓으면서도 본인의 사촌 매제도 의안을 꼈다 뺐다 한다면서 한쪽 눈으로 계단 내려가는 게 어렵진 않은지, 보이는 것이 괜찮은지 넌지시 걱정과 위로를 건네주셨다. 스승님의 따뜻한 배려와 의미가 담긴 오랜만의 회진에 나는 다시 환자들을 잘 돌보는 '의사'라는 본분을 되찾아야겠다는 다짐을 했다. 천생 나는 의사로서 환자를 돌봐야 떳떳하고 기쁜 사람인가 보다.

○

1.5인분의
삶

엄마 생신날, 엄마와 아침 일찍 병원에서 만났다. 나는 병원에 복귀한 후 근처 자취방에서 출퇴근하며 지내고 있었고, 그날은 성형외과와 이비인후과, 안과 외래 진료가 잡혀있는 날이었다. 우리는 아침 8시에 병원 로비에 있는 성당 앞에서 만나기로 했다. 생일날까지 먼 거리의 병원에 와 보호자 역할을 하게 해드리는 게 너무 죄송해 혼자 다녀오겠다 했지만, 엄마는 극구 사양하며 오겠다고 하셨다. "엄마 생신 축하해요. 미역국 드셨어?" 괜히 민망한 마음에 만나자마자 인사로 미역국 타령을 한다. "미역국은 무슨, 이따가 가서 먹지 뭐." 엄마는 별일 아니라는 듯 손사래를 친다.

우리는 예정되어 있던 과를 순서대로 돌며 보험 청구

에 필요한 서류들을 발급받고 진료비를 수납했다. 병원에만 오면 왜 이리 목이 타는지, 모든 진료를 마치자 긴장이 탁 풀려 1층 카페에 음료수를 사러 갔다. 저 멀리 딱딱한 대기 의자에 우두커니 앉아 글씨를 크게 키운 카톡창을 들여다보고 있는 엄마가 보였다. 아마 생일 축하를 보내주는 사람들에게 답장을 하고 있는 듯했다. 동그란 다초점 돋보기를 쓴 채 눈을 크게 뜬 엄마는 손가락을 연신 움직이며 가끔 미소를 짓기도 했다. 천진난만한 소녀 같은 표정을 한 엄마 옆으로 펼쳐진 대기실 풍경을 본다.

진료실 앞에는 70대 노모를 모시고 온 40, 50대 나이의 딸들이 대부분이었다. 등이 굽고 다리가 휜 노모가 딸에게 한쪽 어깨를 의지한 채 조심조심 걸음을 내딛는 모습을 보자니, 나와 엄마의 모습이 비교되며 복잡한 마음이 들었다. 보통은 엄마가 의지하는데 나는 경우가 바뀌었으니 이 얼마나 죄송스러운 일인지. 환갑을 맞이한 보호자를 대동하고 진료에 올 때마다, 불효막심한 30대 딸은 죄인이 된 것만 같다. 병원을 나와 차로 이동하면서 내가 물었다. "엄마, 시간을 되돌릴 수 있다면, 언제로 돌아가고 싶어?" 엄마는 잠시 고민하더니, "결혼 전으로"라고 대답했다.

○

처녀 시절의 엄마는 거짓말을 해서라도 하고 싶은 것은 꼭 하고야 마는 말괄량이였다고 한다. 로큰롤 공연도 열심히 보러 다니고, 사고 싶은 옷은 꼭 사고, 학생 운동도 열심히 쫓아 다녔다고. 하지만 결혼 후 남편과 시부모 그리고 자식에게 헌신하는 삶을 살게 된 엄마는 처녀 때까지만 해도 본인이 이렇게 얌전히 희생하며 살 줄은 꿈에도 몰랐다고 했다. "그래서 엄마는 연주 너가 부러웠던 것 같아. 하고 싶은 것도 많고 표현도 잘하잖아." 오랜 시간 많은 것을 희생하고 헌신한, 삶의 회한이 느껴지는 말이었다. 그리고 엄마는 이렇게 덧붙였다. "연주야, 너는 즐겁고 행복하게 살아."

나는 나를 귀하게 여기고, 잘 살아야 하는 의무가 있었다. 엄마의 삶에서 포기했던 많은 것들이 내 삶에도 담겨있었기 때문이다. 그것은 어떤 강요가 아니었다. 희생에 대한 생색도 아니었다. 그저 자신이 이루지 못한 즐거운 경험을 자신이 가장 사랑하는 딸이 누리길 바라는 마음일 뿐. 그런데 그 삶을 소중히 아끼는 대신, 마구잡이로 소비해왔던 것 같아서 미안하고 죄스러운 마음이 들었다. 그리고 엄마의 삶 일부도 망가트린 것 같아서.

사실 내가 태어나기 전, 우리 부모님에게는 아들이 하나 더 있었다. 그 아이는 첫 돌이 되던 시점에 청색증Cyanosis*

---

* 말초 조직으로 산소 공급이 원활하지 않아 피부 표면이 파래지는 현상.

이 심해졌고 검사 결과 심장 판막에 기형이 있다는 사실을 알았다고 했다. 이후 여러 차례 수술을 하고, 중환자실도 오갔지만, 결국 세상을 떠났다. 그렇게 떠난 아들을 가슴에 묻고 나서야, 용기 내어 갖게 된 첫 딸이 나였다. 나는 이 사실을 중학생 때가 되어서야 알았다. 오래된 사진첩에 껴 있던 '어쩐지 나 같지는 않은' 어린 아이 사진을 보고 누구냐고 캐물어 듣게 된 것이다.

자식을 먼저 하늘나라로 보낸 부모의 마음은 겪어 보지 않으면 모를 큰 아픔이라던데, 우리 엄마는 어째서 첫 아들을 잃고, 잘 클 줄 알았던 큰딸도 이렇게 큰 상처를 입게 되었을까. 어쩌면 엄마한테는 결혼하고 아이를 갖게 된 것이 개인의 삶을 흔들어놓는 큰 아픔들의 시작이었을 수 있겠다는 생각이 들었다. 엄마에게 생신 축하드린다는 말과 함께 속으로 되뇐다. '엄마, 엄마 말처럼 즐겁고 행복하게 살도록 노력할게. 엄마의 몫까지. 그렇지만 엄마도 행복해야 해. 엄마의 인생도 1인분이 아니야. 엄마의 행복은 내 행복이기도 하고, 내 목표이기도 하거든. 우리 둘 다 행복하자. 서로를 위해서. 그리고 고마워.'

○

4

중요한 건 꺾여도
된다는 마음

드디어
진짜 의안을!

건강 상태가 점차 회복되어 풀타임 업무에도 거의 적응했다. 체력이 달려 처음에는 고생했지만 점차 '새로운 나 사용법'에도 익숙해지며 체력 조절이 가능해졌다. 다시 되찾은 나의 일상들에 감개무량함을 느꼈고 이정도면 살만하다 싶은 생각도 들었다. 하지만 현실에 안주하는 대신 해야 할 목표들을 계속 생각해내는 것이 나의 특성이었다. 이제 내가 극복해내야 할 다음 단계는 그동안 잠시 멈춰 있었던 '의안'이었다. 언제까지고 피할 수만은 없었다. 첫 시도 후 깊은 마음의 상처가 남았던 터라 용기를 내는 것이 쉽지는 않았지만 두 번째 시도인 만큼 조금 더 신중하게 알아보고 시작할 수 있었다.

의안에 대해 자세히 알아보기 위해 인터넷이나 유튜브,

망막박리 카페 등 여러 루트를 통해 관련한 정보를 검색했으나 쉽게 찾을 수 없었다. 대신 이 과정에서 알게 된 사실은 의사인 나조차도 생경할 정도로 다양한 원인으로 실명 위험에 노출된 분들이 많다는 거였다. 나처럼 외부 충격으로 인한 사고 외에도 당뇨합병증, 망막박리, 녹내장 등 실명으로 이어질 수 있는 원인이 다양했다.

'빛을 놓지 않는 사람들'이라는 카페 이름에서부터 알 수 있듯, 실명에 대한 두려움을 안고 살아가는 사람들에게 빛을 보는 일상을 유지하는 것이 얼마나 간절한지 느낄 수 있었다. 하지만 실명 이후에 대한 이야기는 정말 찾기 어려웠다. 실명하기 직전까지가 너무 간절하기에, 어쩌면 실명한 후에는 모든 걸 포기해버린 건 아닐까 하는 생각도 들었다.

의안 제작에 대한 정보가 없어 힘들어한다는 내 얘길 듣고 한 교수님께서 서울 일원동 소재의 의안센터를 추천해주셨다. 보통 '의안'이라고 하면 기존 안구를 적출하고 빈 공간에 구형의 가짜 눈알을 채워 넣는 것을 떠올린다. 하지만 요즘은 기술이 좋아져 안구를 적출하지 않고도 의안을 쓸 수 있는데, '초박형 의안'이 대표적이다. 기존 안구가 있는 상태에서 그 위를 두꺼운 하드렌즈처럼 생긴 보형물을 덮어 씌워 끼우는 형태로, 기존 안구의 움직임에 따라 의안이 같이 움직이니 겉에서 보기에도 훨씬 자연스러운 것이 장점이다. 하지만 정보의 부재로 무턱대고 안구를 적출하는 안타까운 경우도 많은 듯했다. 초박형 의안의 단점은 씌워둔 의안이 바깥으로 빠지거나 회전하면서 돌아갈 수도 있다는 점인데, 초박형 의안이 기존 안구 위를 덮는 두꺼운 이물질이다 보니, 기존 안구가 충혈되고 눈곱이 끼는 부작용이나 통증이 생기기도 한다고 했다.

새롭게 찾아간 의안 센터의 의안사 선생님은 경력이 많고 나이가 지긋한 남자 선생님이었다. 신중하게 내 눈을 보고 의안 제작 과정을 설명해주는 모습에서 신뢰가 갔다. 또 눈에 외부 물질을 끼워 넣는 과정 하나하나가 세심하고 청결해 믿을 수 있겠다는 생각이 들었다. 그리고 무엇보다 실명으로 아픈 과정을 겪고 있는 내 감정에 대한 배려가 깊이 느껴졌다. 나는 존중받고 있다고 느꼈고, 그렇기 때문에 내 몸을 믿고 맡길 수 있었다.

의안을 제작하는 과정은 꽤나 오랜 시간과 품이 들어가는 일이었다. 먼저 안구의 상태와 위치, 함몰 정도에 따라 어떤 형태의 의안이 필요할지 판단했다. 그리고 초박형 의안이 적합하다고 판단되면, 의안을 제작하기에 앞서 투명한 연습용 물질인 '컨포머conformer'를 맞춘다. 눈을 잔뜩 벌리고 마치 콘크리트처럼 굳는 액체를 부어 본을 뜨는 과정인데, 심한 통증이 있을 것임을 미리 이야기해주고 너무 힘들지는 않은지 매 순간 체크했다. 그렇게 만들어진 컨포머를 하루 30분부터 시작해 끼고 있는 시간을 점차 늘려가며 24시간 이상 끼고 있어도 불편감을 느낄 수 없을 정도로 익숙해져야 진짜 의안을 맞출 수 있다. 진짜 초박형 의안을 낄 수 있는지 테스트 하는 과정이다.

단출하던 집 화장실 세면대에 의안세정제와 의안통, 그리고 의안을 뺄 때 사용하는 뽁뽁이 등 각종 의안 관련 소품이 늘어나게 됐다. 그렇게 시간을 늘려가며 적응한 결과 한 달가량 컨포머에 익숙해지는 연습에 성공할 수 있었고, 그 후로 진짜 의안을 맞출 수 있게 되었다. 먼저 소재를 선택한 후 남아있는 정상 눈에 맞추어 이틀 동안 눈동자 색깔과 흰자에 노출된 혈관 등을 그려 넣는 과정으로 진행됐다.

나는 휴가를 낸 후, 의안 센터에 매일 출근했고 의안사 선생님이 부를 때마다 제작실에 가서 오른쪽 눈을 모델로 대 주었다. 의안 모델이 되는 기간 동안에는 멀쩡한 눈이 더 이상 충혈되면 안 되기 때문에(의안이 그에 맞춰 충혈된 상태로 나오므로) 지루해도 졸거나, 핸드폰을 볼 수 없었다. 의안이 완성될 때쯤의 세심한 교정 작업에는 보호자가 동행해야 했다. 평소의 내 얼굴을 알고 있는 보호자가 의안과 내 원래 눈을 비교하면서 자연스러운지, 혹은 눈동자 색깔이나 모양, 크기 등을 조절해야 하는지 피드백을 하는 게 목적이었다. 나는 보통 사람보다 큰 내 눈동자가 참 마음에 들었기 때문에, 의안사 선생님에게도 자꾸 눈동자를 크게 만들어 달라고 요청했다. 눈동자의 일부인 동공은 눈으로 흡수되는 빛의 양에 따라 닫히고 열리기를 반복하는 역동적인 부위였기 때문에 의안은 동공이 변하는 정도의 평균에 맞춰 제작을 해야 했다. 의안에 그려진 동공과 눈동자가 어색하지 않기만을 바랄 뿐이었다.

수차례의 방문과 수십 시간의 노력을 기울인 끝에 드디어 의안이 완성되었다. 장애등록을 한 이후 나라에서 복지카드를 받게 되면 의료보장구에 대한 보조금 오십만 원 가량을 지원받을 수 있다. 이때 건강보험공단에 제출해야 할 서류는 보장구처방전, 거래명세서와 영수증, 급여지급청구서, 검수확인서 총 네 가지이다. 보장구처방전은 보장구를 맞추기 전 내게 보장구가 필요하다는 사실을 의료기관의 관련과 전문의가 확인하고 작성해주는 서류이고, 이후 보장구(나의 경우 의안)를 제작한 후 보장구제작소(의안 센터)에서 발생한 비용에 대한 거래명세서와 영수증을 발급받고 급여지급청구서를 받아 작성한다.

그리고 이 보장구가 나의 의학적 상태에 적합하게 제작되었는지를 의료기관 전문의 진료를 통해 검수확인서를 받아 공단에 제출하면 '급여승인' 결정 통보 후 약 일주일이 지나면 보험급여 형태로 입금된다. 장애인에게 지원되는 보장구는 의안 외에도 보청기, 전동휠체어, 욕

창예방 방석, 보조기 등 9개 분류 84품목이 있고, 동일한 보장구는 유형별로 1인당 1회만 지급 가능하다고 한다.

이제부터는 완성된 의안을 잘 끼고 연습하는 일만 남았다. 정면을 볼 때는 생각했던 것보다 자연스러웠지만, 눈을 양 옆, 위 아래로 돌릴 때는 두꺼운 의안이 원래 눈만큼 잘 움직이지 않았다. 한쪽 눈은 고정된 채 반대편 눈만 돌아가는 모습이 아직도 익숙하지 않아 '진짜 의안'을 받아든 날 엄마랑 밥을 먹으며 눈물 콧물을 질질 짰다.

의안사 선생님은 이제부터 옆을 바라볼 때는 눈알을 돌리는 대신 얼굴을 돌리고 정면으로 마주하는 연습을 해야 한다고 하셨다. 살아가는 데 익숙하지 않은 한계들이 생기는 것이 속상했지만 이 또한 내가 인정하고 받아들여야 하는 과정의 일부였다. 이제 목과 고개를 빳빳하게 들고 있는 대신 얼굴을 잘 돌리는 연습을 해야겠다 다짐하며, 자만하지 말라는 하늘의 뜻인가 싶은 생각이 들었다. 주어진 운명을 잘 받아들이고, 포기하는 대신 적응하고 나아가는 연습. 결국 내게 필요한 삶의 자세가 아니었을까.

○

아가씨가 왜
여기 앉아있어?

시야가 좁아져서인지 자동차 사고가 벌써 세 번이나 났다. 모두 차의 왼쪽 앞부분이 망가졌다. 단안 장애인 이지만 제도상 기존의 운전면허증으로 운전이 가능했고, 주변의 단안 장애를 갖고 계신 분들이 문제없이 주행하는 모습을 보며 나도 문제없이 할 수 있을 거로 생각한 터였다. 하지만 반복해서 일어나는 사고에는 분명 원인이 있었다. 같은 단안 장애인이라도 보이는 폭과 자동차의 크기에 따라 시야의 범위가 다를 수 있는데 그 점을 간과한 것이다. 일상에 어느 정도 적응을 마쳤다고 생각했지만, 이렇게 불쑥 경각심을 요구하는 일이 벌어진다.

'이동의 자유'를 삶의 큰 가치로 삼는 나에게 운전은 일상생활 회복의 필수 조건이다. 하지만 비슷한 사고가 반복되자 당분간 나와 타인의 안전을 위해 앞으로는 운전을 삼가야겠다는 생각이 들어 대중교통을 이용하기로 마음먹었다. 며칠 전 차 사고로 인해 몸이 놀라고 긴장한 데다, 당직 근무까지 겹쳐 컨디션이 좋지 않았던 날, 본가인 김포에서 학회에 가기 위해 9호선 급행열차를 탔다. 빈 열차로 출발하는 역이었지만 사람들은 재빨리 움직여 자리를 꽉 채웠고, 조금 더뎠던 나는 서성거리며 빈자리가 없는지 두리번거렸다.

몸이 좋지 않아 잠깐이라도 쉬고 싶은 마음이 간절했지만 남은 자리라고는 교통약자석(노약자/장애인/임산부석)뿐이었다. 평소 같았으면 앉지 않았을 자리를 보고 앉을까 말까 고민을 하다 내 또래의 여성 두 명이 앉아있는 것을 보고 반대편에 소심하게 앉았다. 눈치가 보이는 듯했지만, 몸살 기운에 자꾸만 눈이 감겨 머리를 기댄 채 어느새 스르르 잠이 들었다.

"아니, 젊은 아가씨가 왜 여기 앉아있어?"

날카로운 호통에 화들짝 잠에서 깬 나는 어느 역인지도 모른 채 주위를 두리번거렸다. 얼굴이 화끈해진 채로 앞을 보니 화장을 짙게 한 중년의 아주머니와 나이 지긋한 할머니가 얼른 비키라는 표정으로 나를 노려보고 계셨다. '죄송합니다!' 하고 반사적으로 얼른 일어나려던

찰나, 장애인이라는 나의 정체성에 충실히 임해봐야겠다는 오기가 생겼다. 속으로 몇 번이나 갈등을 반복하다, 나지막한 목소리로 "저 장애인이에요"라고 말했다. 어딘가 억울해하는 듯한 뉘앙스가 담긴 이 한 마디에 "아, 그래요?"라고 답하고, 아주머니는 믿기지 않는다는 듯 나를 이리저리 훑어보셨다.

결국 내 옆에 앉아있던 60대 중반(창피해서 나이를 맞게 파악한 건지도 모르겠다)의 아저씨가 할머니께 자리를 양보했고, 나는 목적지에 도착할 때까지 불편함과 민망함을 감춘 채 눈을 꼭 감고 자리에 앉아있었다. 눈을 감고 있었지만 주변의 따가운 시선이 느껴지는 것 같았다. 그리고 마침내 목적지인 잠실역에 도착하는 순간, 마치 거짓말을 하고 버티다 내리는 개념 없는 사람처럼 얼굴이 빨개진 채로 후다닥 도망치듯 열차를 빠져나왔다. '아니 내가 뭘 잘못했지……'

그날의 경험 이후 '심하지 않은 장애인'으로서 나의 정체성에 대해 고민하게 됐다. 한쪽 시력을 잃었지만 앞을 보는 기능은 유지하고 있었고, 시야는 좁아졌지만 운전은 할 수 있으며, 장애인이지만 장애인 보호석에 앉아있을 정도로 불편하지는 않은 사람. '불편하지만, 사회의 보호가 필요할 정도로 불편하진 않은 사람.' 이게 나의 정체성이었다. 아이러니하게도 이것을 좋게 받아들여야 하는 것인지, 그렇다면 비장애인처럼 보이기 위해 노력하며 살아야 하는 것인지 의문이 들었다. 하지만 그러기엔 나는 여전히 수술과 회복의 과정에 있었고, 매일 더 나빠질까 노심초사하며 사람들의 시선에도 불쑥불쑥 상처를 받는 중이었다. 아픈데도 아프다고 당당히 말하지 못하는 현실이 괜스레 서글프고 외롭게 느껴졌다.

누군가는 뭐가 그렇게 예민하냐, 뭘 그런 거로 상처를 받느냐, 라고 말할 수도 있겠다. 하지만 신체의 상실이란 겪어보지 않으면 절대 공감할 수 없는 아픔이며, 그 아픔으로 인해 겪는 여러 사회적 시선은 사람을 저 밑바닥까지 끌고 가 일어설 힘까지 앗아가고 만다. 언제 어디서 튀어나올지 모르는 차별이나 동정 같은 뾰족한 가시에 수시로 찔리며 끊임없이 투쟁하며 살아야 하는 것이다. 장애인에 대해 마냥 예민하고, 까칠한 사람들이라고 보는 경향도 문제가 있다. 장애인이 까칠한 것이 아니라, 사회와 시선이 사람을 경계하게 만들고 차별을 일상으로 강요하는 것이 문제인 것이다. 그냥, 있는 그대로 바라봐주면 된다. 아, 아프구나. 조금 불편하구나, 하고.

○

몸과 마음의 회복은 동시에 이루어지진 않는다. 사람마다 상처의 크기를 받아들이는 정도도 다르다. 그렇기에 장애인 등급을 '심한 장애인' '심하지 않은 장애인'으로 분류한 사회에 묻고 싶다. 어떤 기준으로 심하다, 심하지 않다는 나눌 수 있는지, 과연 그것으로 모든 장애인 개인을 적절하게 설명할 수 있는지 말이다. 실제로 다양한 시각 장애를 가진 친구들은 저마다 '안 보이는 형태'가 달랐다. 누군가의 왼쪽 눈은 지지직거리는 회색 TV 화면처럼, 누군가의 오른쪽 눈은 물체의 경계가 흐려져 빛만 겨우 구분할 수 있고, 누군가는 교정되지 않는 약시 상태로 모든 글자를 핸드폰 카메라 기능으로 찍고 확대해 봐야 한다.

이토록 안 보이는 형태도 제각각이고 그에 따라 필요한 도움의 형태도 다르다. 유럽 복지국가에서는 '안 보여서 도움이 필요하다'라고 하면 '어떤 도움이 필요하냐고' 자연스럽게 묻는다고 한다. 장애가 있는 사람에게 적확한 도움을 주려는 응대 방식이다. 반면 우리나라에서는 '안 보인다'고 하면 어찌해야 할지 몰라 당황하거나, 혹은 장애의 정도에 상관없이 점자책을 권하곤 해 마음을 다치게 하는 경우가 만연하다. 하는 사람도, 받는 사람도 모두가 불편한 서툰 배려인 셈이다.

나는 내 삶에 갑자기 닥친 장애를 통해 모든 배려는 상대를 알고자 하는 관심에서부터 시작한다는 것을 깨닫게 되었다. 앞서 말했지만, 나의 '심하지 않은 장애인' 판정은 우리 가족에게 큰 상처를 입혔다. 누구나 내 상처가 가장 아픈 법이다. 그렇기에 어떻게든 그 아픔을 덜어주기 위해 장애인의 가족도 그 상처를 나누어 짊어지고 삶을 산다. 장애에 대해 조금 더 깊게, 세심하게 생각해본다면 우리 사회가 더욱더 따뜻하고, 차별 없는 세상으로 나아 갈 수 있지 않을까.

'아픈' 사람과 언젠가 '아플' 수도 있는 사람이 공존해 사는 세상이다. 우리 모두 절대 아프지 않고, 다치지 않고 건강히 살다 죽을 거라고 자신할 수 있는 사람은 없다. 그렇기에 조금 '덜' 불편한 사람이 조금 '더' 불편한 사람을 배려하며 어울려 살면 된다. 어쩌면 내가 '심하지 않은 장애인'으로 정체성을 부여받은 것에 이유가 있을 수도 있겠다는 생각이 든다. 그래서 의사이자 환자, 장애인으로 한 발자국 더 앞으로 나아가 장애인의 이야기를 더욱 많이 찾아서 듣고, 나누며 사회가 만든 부적합하고, 모호한 기준을 찾아 바로잡는 역할을 해보고자 한다. 서로에 대한 이해와 포용이 절실히 필요한 때이다. 혐오와 차별을 멈추고 날카로운 눈빛을 거두자고 말하고 싶다. 지금 필요한 것은 그저 나란히 걷는 발걸음과 따뜻한 온기뿐이다. 서로가 밀어내지 않고 어울려 사는 세상을 기대해본다.

○

난 빨리
실명하길 바랐어

나는 장애인이 되었다는 사실을 숨기지 않고 소셜미디어에 드러내보였다. 가장 예쁘고 활발하게 활동할 나이에 갑자기 장애인이라는 정체성이 더해진 것이 벅차고 막막하기도 했지만 어차피 앞으로 살아갈 삶이고, 스스로를 설명하는 또 다른 정체성이라면 솔직하게 보여주는 것이 옳다고 생각했다. 나의 약점을 먼저 드러냈을 때의 그 해방감과 자유로움은 사람을 더욱 당당하고 강하게 만들어 어떤 두려움도 사라지게 하는 힘이 있다. 또 하나, 장애인으로서 필요한 적절한 도움과 정보를 얻기 위해서도 용이했다. 좁아진 한쪽 시야로 다닐 때 조심할 것은 없는지, 한쪽 눈으로 보다가 노안이 오면 어떻게 되는지, 한쪽 눈으로 운전은 할 수 있는지 등 시간과 경험이 쌓여야

만 알 수 있는 것들은 안과 의사 선생님에게 물어봐도 쉽게 나오지 못하는 답이었다. 이제 나의 상태는 고쳐야 하는 '질병'의 영역을 넘어, 품고 살아야 하는 '신체 장애'의 영역이 된 것이다. 하지만 나는 아직 초보 장애인이기에 자연스럽게 적응하는 데에 도움이 필요했다.

소셜네트워크를 통해 미처 예상치 못한 소중한 연결고리가 생기는 경험들을 한 적이 있다. 오프라인보다 훨씬 크고 넓은 온라인 세계에는 어쩌면 내 아픔을 먼저 경험하고 이해하는 또 다른 장애인이 있을지도 몰랐다. 그런 마음으로 용기를 낸 덕분에 무척 소중하고 의미 있는 인연들을 많이 만들 수 있었다.

나와 동갑인 친구 재혁이도 장애 덕분에 만나게 된 귀한 인연 중 하나다. 평소 알고 지내던 고등학교 선배가 어느 날 조심스럽게 연락을 해왔다. 꼭 소개시켜주고 싶은 친구가 있는데 괜찮겠느냐고. 후천적으로 앞이 안 보이게 된 전맹(중증시각장애) 상태의 재혁이라는 친구였다. 거절을 잘 하지 못하는 성격이라 일단 만나겠다고 대답을 했지만 막상 만나려니 알 수 없는 힘든 감정이 몰려왔다. 아직 내게 생긴 이 비극적인 사고와 그로 인해 생긴 장애를 다 받아들이지도 못했는데, 급하게 장애의 세계로 빨려들어 가는 것만 같았다.

선배와 나는 용산에 있는 국립맹학교에서 재혁이를 데

리고 근처 삼각지에 있는 음식점으로 이동했다. 나 역시 장애인이지만 중증장애인은 아닌지라 일상생활 보조가 필요하지 않았고, 재혁이를 보며 나 스스로 '진짜 장애인'이라고 할 수 있는지 되묻게 되었다. 어쩐지 나는 이 세계도 저 세계도 아닌 애매하고 모호한 곳에 머무는 것 같았다. 그리고 그런 내가 재혁이 앞에서 장애를 언급을 하는 것이 왠지 낯설고 또 실례인 것처럼 느껴졌다. 하지만 재혁이는 나의 사고 스토리와 지금도 계속되고 있는 치료 과정을 듣고 진심으로 안타까워했다. 그리고 본인도 장애등록을 할 때 너무 힘들었다는 이야기를 하며 실질적인 공감과 위로, 그리고 의안을 맞추기 전 컨포머로 연습을 하고 있는 내게 지금은 눈도 빨개지고 아프겠지만 시간이 지나면 아무렇지 않아질 거라는 희망적인 이야기도 들려주었다.

난생 처음 느끼는 새로운 유대감에 모임 내내 마음이 벅찼다. 깊은 위로와 감동이 넘치는 벅찬 감정이었다. 식사를 마치고 우리는 바깥으로 나왔다. 어느새 날이 어두워져 있었다. 선배는 내게 직접 재혁이를 에스코트(보행 보조) 해보지 않겠냐고 물었다. 나는 자신이 없었지만 한번 해보겠다고 했고, 쭈뼛거리며 그에게 한쪽 어깨를 내밀었다. 두 눈이 보이지 않는 재혁이는 본인의 지팡이와 내 어깨에 의지해 자연스럽게 발걸음을 내디뎠고, 한쪽 눈

○

만 보이는 나는 혹시나 그의 보행에 방해가 될까 걱정하며 땅바닥과 정면, 그리고 재혁이를 번갈아 살피며 식은 땀을 흘렸다. 앞을 보면서도 걸음이 익숙하지 않은 나와 달리, 재혁이는 시각을 제외한 다른 감각에 의지한 채 한껏 여유롭고 능숙하게 걸었다.

재혁이는 3년 전부터 한쪽씩 차례로 시력을 잃었다고 했다. 나는 마음에 내내 담아두었던 질문을 몇 번이나 망설이다가 결국 물었다. "한쪽 눈을 잃고 남은 반대쪽 눈마저 잃어가고 있을 때, 두렵지 않았어……?" 그는 한 치의 머뭇거림 없이 대답했다. 두렵지 않았다고. 그리고 덧붙였다. "오히려 빨리 실명을 했으면 좋겠다는 생각이 들었어." 그는 아예 빛을 볼 수 없는 상태가 되어, 그 삶에 빨리 적응하고 싶었다고 했다. 어차피 앞으로 살아가야 할 삶은 앞이 보이지 않는 삶이니, 하루라도 빨리 적응해서 남은 삶을 적극적으로 꾸려가고 싶었다고 했다. 예상치 못한 답변에 머릿속이 하얘졌다. 나머지 한쪽 눈을 잃을까 두려웠던, 그리하여 앞을 보는 능력을 유지하기 위해 필사적으로 애쓰고 매달렸던 내가 떠올랐다. 내게 남은 다른 쪽 눈의 시력을 잃으면 나는 도저히 살 수 없을 것 같았다. 앞을 보지 못하면 세상이 끝난 거나 마찬가지라고 생각했는데……

재혁이와 나는 그렇게 이야기를 주고받으며 계속 걸어

나갔다. 재혁이는 참 용감한 사람이었다. 막상 이렇게 지내보니 할 만하다며, 앞으로 하고 싶은 것들이 많다고 했다. 두 눈이 있는 사람보다 더 풍요롭고 즐거운 삶을 살고 있는 그를 보며 깨달았다. 모든 것은 마음먹기 나름인 것을. 이 상투적인 진리를 깨닫고 진심으로 받아들이기까지가 왜 그렇게 어려웠을까. 그렇다면 지금 나에게 가장 필요한 것은 과거에 대한 원망이나 미련이 아니라 내게 주어진 운명을 어떤 마음으로 받아들여야 할지 고민해보는 일이다.

재혁이처럼 장애를 그저 키가 한 뼘 자란 것처럼 자연스럽게 받아들이고, 이제 그만 나의 일부로 받아들이는 일. 그리고 내가 더 나은 사람이 될 수 있는 길을 찾는 것이 진정 나의 미래를 생각하는 일 같았다. 그렇게 밤이 더 어두워질 때까지, 저 멀리 풍경이 사라질 때까지 우리는 오래 걸으며 얘기를 나누었다. 저 멀리 나무와 벤치가 눈에 들어왔다. 그렇게 잠시 쉬며 적응하면 보이는 것들에 대해 이야기를 나눈 밤이었다.

○

여행지에서
흘린 피눈물

기대에 부풀어 계획한 휴가를 가기 전부터 몸 상태가 심상치가 않았다. 나의 완벽한 일상 복귀를 위해서는 해외여행까지 가능한 것을 확인해야 했는데, 왠지 불길한 예감이 들었다. 혹시 몰라 진행한 피검사에서는 콩팥 기능이 뚝 떨어지고 전해질 불균형이 나타나 동료들은 혈액 샘플이 바뀐 것이 아니냐는 이야기까지 했다. 그렇지만 포기할 수는 없었다.

짐을 쌀 힘이 없어 베트남으로 출발하는 당일 아침이 되어서야 캐리어에 주섬주섬 짐을 담았다. 내가 신청한 '베트남 다낭 웰니스 트립'은 4박 5일의 짧은 일정이었는데, '스트레칭조이'라는 유튜버가 동행해 리조트에서 매일 스트레칭 수업을 병행하는 프로그램이었다. 혼자 가기는 아직 두려운 마음이 있어 동생을 설득해 같이 가기로 했고, 휴가도, 여행도, 운동도, 쉼도 챙기고 싶었던 나로서는 최고의 효율적인 선택이었다.

몸이 좋지 않아 불안한 마음이 있었지만, 다친 후 처음 방문한 인천공항의 풍경과 비행기에서 바라본 파란 하늘은 감격 그 자체였다. 나는 이제야 비로소 진짜 나의 일상을 모두 되찾은 것 같은 벅찬 느낌이 들었다. 하지만 슬픈 예감은 현실로 들이닥쳤다. 첫날과 둘째 날을 그럭저럭 잘 보내고 여행 3일 째 되던 날, 겨우 일어나 아침 7시 스트레칭 수업을 들으러 갔는데, 동생이 기겁한 목소리로 외쳤다. "언니! 눈에서 피 나!" 황급히 눈에 손을 대 확인해보니 정말 축축하고 시뻘건 피가 묻어났다. 이건 도대체 무슨 일이지. 직업이 의사인 나조차도 머리가 하얘져서 무엇을 어떻게 해야 할지 아무런 생각이 나지 않았다. 마음을 가라앉히고 숙소로 발길을 돌렸다.

거울에 얼굴을 비춰보았다. 우선 기록을 남기기 위해 출혈이 발생한 눈과 피 묻은 손을 사진으로 남겼다. 몸에 문제가 발생했을 때 바로 병원을 갈 수 없다면, 마치 사고 현장처럼 영상이나 사진으로 기록을 남겨야 한다. 출혈양, 색깔, 출혈 부위 등 환자 입장에서 미처 다 기억하기 힘든 수많은 정보가 사진 한 장에 담겨 치료에 큰 도움이 되기 때문이다. 의료진의 입장에서는 환자의 진술과 미리 준비해둔 정보들이 취합되어 빠른 판단과 진단을 내릴 수 있다.

내 머릿속은 출혈 원인을 찾느라 온통 집중해 있었다. '눈을 수술한 지 벌써 9개월이 지났다. 그러므로 수술 부위에서 발생하는 일시적인 출혈이라고 보기는 어렵다. 그렇다면, 비행기 압력 차 혹은 무리한 일정으로 인해 혈관이 터져 새로 생긴 출혈이거나, 고여 있던 무언가가 악화되어 흘러넘치는 상태일 것이다……' 피의 색과 점도를 가만히 보았다. 피의 색이 라즈베리 잼처럼 진한 것으로 보아 출혈한 지 시간이 꽤 경과된 것으로 보였다. 그리고 특별한 냄새가 나지 않는 것으로 보아 역시 비릿한 냄새가 나는 새로운 출혈보다는 기존에 고여 있던 상태일 가능성이 높아 보였다.

나는 최근의 컨디션을 고려해 염증 악화일 가능성이 높다는 것에 무게를 두었다. 자가 진단이 끝나고 챙겨온 항생제를 삼켰다. 내가 할 수 있는 전부였다. 휴가지에서 생긴 돌발상황 때문에 마음이 온통 불편해 침대에 가만히 누웠다. 내 몸은 어떻게 되고 있는 걸까. 끔찍했던 사고도, 한쪽 눈을 실명한 것도, 얼굴 한쪽 감각이 사라진 것도 받아들였다. 얼굴뼈가 어긋나 입안으로 튀어나온 뼛조각도 이제 익숙해졌다. 눈물처럼 삼켜낸 시간이었다. 딛고 일어나 이제 다시 나의 속도로 달려보려고 운동화 끈을 조여매고 있었는데.

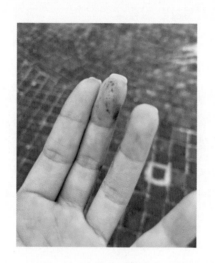

행복한 상상이 가득했던 휴가의 장르는 갑작스레 잔혹 동화로 바뀌었다. 동생은 스트레스와 피로에 좌절한 나를 위해 더위를 뚫고 로컬 마켓에서 장을 봐왔다. 나는 그런 동생에게 괜히 짜증을 부렸다. 그런데도 동생은 못난 언니를 너그러이 이해해주고 챙겨주었다. 그런 동생을 보면서, 이렇게 여행을 망칠 수는 없다고, 피가 난 상황은 어쩔 도리가 없으니 남은 시간이라도 충분히 잘 보내야겠다고 다짐했다. 동생이 사온 코코넛 과자와 망고 같은 로컬 음식을 나눠먹고 일찍 잠에 들었다. 그리고 마지막 날이었던 다음날, 동생과 호이안이라는 구도심에 가서 작은 보트를 타고 풍등을 날렸다.

　어둠이 짙게 내린 강 위로 색색의 초가 켜진 소원배들이 떠다니고 있었다. 남은 돈을 탈탈 털어 소원배 하나를 잡아 탄 동생과 나는 각자의 소원을 담아 예쁜 소원등을 날렸다.

　'제게 앞으로 어떤 일이 생기더라도 담담히 이겨낼 수 있는 용기를 주세요. 그리고 그 힘든 과정을 함께해 준 어여쁘고 착한 제 동생과 가족들의 앞날을 밝혀주세요.'

○

　그렇게 잔혹동화처럼 변해버린 베트남에서의 마지막 하루를 아름다운 소원등을 날려보내며 마무리 지었다. 마지막까지 옆을 지켜준 동생에게 고맙고 뭉클한 마음이

들었다. 언니 때문에 고생만 잔뜩 한 착한 내 동생은 무슨
소원을 빌었을까?

○

연주 씨한테 손은
어떤 장기인가요?

비 오는 어느 날 나는 그만 길거리에서 참았던 눈물을 펑펑 쏟고 말았다. 여행지에서 피고름을 흘리고 한국에 돌아와서, 외면하고 싶었던 건강 문제와 한계들을 결국 직면한 것이다. 그 와중에도 맡은 일에 책임을 다 하는 습성 때문에, 기존에 약속된 중요한 발표를 마치고 나서야 몸 상태를 주섬주섬 챙기기 시작했다. 서울시의사회 학술대회 정책 세션에서 '응급실 뺑뺑이, 소아과 오픈런, 의대증원이 해답인가'라는 발표를 맡았는데, 정답도 해결책도 미궁 속에 빠져있는 상태라 마음만 온통 복잡한 채로 마쳤다. 또다시 내 건강과 몸보다 다른 것들을 우선시 하는 나를 보며, '서연주 넌 아직도 정신을 못 차렸구나.' 하고 스스로를 혼내고 나무랐다.

모른 척한다고 문제가 없어지는 것도 아닌데 한 번에 많은 것을 신경 쓸 여력이 없어 얼굴 MRI 스케줄을 일부러 발표 이후로 늦춰서 잡았다. 내 안에서 벌어지고 있는 일들을 잠시 미뤄두고 싶었다. 피고름이 나온 지 일주일이 넘어서야 나는 안과, 성형외과, 감염내과, 이비인후과 진료를 줄줄이 방문해 문제를 살폈다. 네 개나 되는 진료과 교수님들을 찾아뵙고 상의하는 과정은 꽤나 지치고 힘겨웠다.

그런데 증상이 있은 지 시간이 한참 지나서인지 왼쪽 눈의 눈물길과 피검사의 결과가 모두 깨끗했다. 여행지에서 사진으로 남긴 피고름은 그럼 도대체 어디서 나왔던 걸까. 불안한 마음이 다시 나를 잠식했다. 형체가 보이지 않는 불행과 싸우는 기분이었다. 또다시 흔들리는 나의 미래에, 나는 모든 걸 내려놓고 싶었다. 질병이 무서운 것은 질병 그 자체가 아니라, 질병이 앗아가는 인간의 총기와 생기, 그리고 회복 가능성이었다.

당시 몸에 대한 치료들이 마무리되고 이제 앞으로만 나아가면 된다고 생각하던 시점이라 동기 언니의 추천을 받아 정신분석 상담을 주 1~2회 가량 받고 있었다. 정신분석이란 프로이트가 창시한 치료 이론으로 무의식의 내용과 그 과정에 담긴 역동을 분석해서 인간 행동과 심리를 치료하는 인지행동치료의 일종이다. 특히 의식할 수 없는 억압된 감정과 욕망, 생각 등이 인간 행동과 사고에 큰 영향을 끼친다고 간주하고, 의식의 세계에서 인지할 수 없는 '무의식'의 영역을 탐구하는 것이 필요하다고 여겼다. 이러한 무의식은 자는 동안 꾸는 꿈에 반영되기 마련이라 이를 기억하고 적어가는 과정이 필요했다.

당시에 내가 꿨던 꿈 중에는 노트북 타자를 바삐 치는 양 손에 갑자기 징그러운 물집과 딱지가 생기는 꿈이었는데, 상담 시간에 그 이야기를 하자 안경을 쓴 차분한 목소리의 중년 여자 선생님이 물어보셨다. "연주 씨에게 손이란 어떤 장기인가요?" 나는 곰곰이 생각한 뒤 답했다. "음…… 저는 내시경도 손으로 하고 글을 쓸 때도 노트북으로 하니까요. 저한테 손은 일하는 장기인 것 같아요." 그랬더니 선생님이 말씀을 이어갔다. "연주 씨의 무의식에서는 일하는 장기인 손이 병들었네요." 그리고 충격적인 말을 덧붙이셨다. "연주 씨, 일을 그만해야겠어요."

머리가 아득해졌다. '어렴풋이 예상은 했지만, 이제 더 이상 모른 척할 수 없는 지경이 되었구나. 이제 정말 내려놓아야 할 시기가 왔구나.' 나도 모르는 사이 내 자신을 너무 채찍질하고 있었는지도 모르겠다는 생각이 들었다.

진료를 마치고 나오며 터져 나온 눈물은, 어쩌면 내 몸에 대한 미안함 때문이었을 수도 있고, 어쩌면 멈춰야 하는 현실에 대한 아쉬움 혹은 두려움 때문이었던 것 같다. 멀쩡하던 하늘에 구멍이라도 난 듯이, 비가 무섭게 쏟아

2023. 9. 3

악몽 꿈에서 심하게 간지러웠는지
뭔가 굵하고 따깝게 긁어댄 꿈
그러다가 손등 박는데 진그러운 강성 때거들이 일어 있었다.

져 내렸다. 눈물과 비가 마구 섞여 하염없이 눈물을 쏟아 냈다. 모든 게 섞여 분간하기 어려운 세상이었지만, 그래 도 한 가지는 확실했다. 이 비도 언젠가는 그친다는 것. 그렇게 마음을 다잡으며, 또 반성하며 언제까지고 비를 맞은 오후였다.

○

어이 간호사!
나 아파 죽겠다고오오!

눈에서 또다시 고름이 나오고 균이 배양됐다. 아마도 의안을 끼면서 기존에 항생제로 가라앉혔던 안와의 임플란트 주변에 감염과 염증이 악화된 듯했다. 상의 끝에 코 안쪽으로 접근해 코뼈를 뚫고 고름이 차있는 부분에 배액관을 넣는 수술을 받기로 했다. 임시방편이긴 했지만 절개 부위를 최소화 시킬 수 있었다. 이비인후과 수술이었지만 병실이 없어 대신 정형외과 병동에 입원했다. 내 맞은편에 입원해있던 환자는 70대 정도로 되어 보이는, 무릎 관절 수술을 한 지 얼마 안 된 할머니였다.

"어이 간호사아아아아아아!! 아파죽겠다고 몇 번을 말했는데 아직도 진통제를 안 줘어!!!?"

"죄송해요. 환자분, 저희가 다섯 번이나 연락했는데 의사 선생님이 아직 답장이 없으세요. 지금 안 좋은 환자가 생긴 것 같아요. 다시 한번 연락해볼게요."

"아니 뭐 이런 경우가 있어!!!! 아이고 아파 죽네."

병원에서 무척 흔하게 생기는 상황이지만, 병실에서의 씨름을 눈앞에서 목도한 것은 처음이었다. 간호사 입장도, 환자 입장도 너무 딱했다. 점점 늘어나는 입원 환자 수에 비해, 값싼 인력인 수련의 몇몇이 당직을 서는 종합병원은 밤이 되면 아비규환 그 자체로 변한다. 많게는 인턴 한 명이 수백 명의 환자에게 필요한 채혈과 관 삽입 등의 시술과 처방, 동의서를 해결해야 하는 경우도 있다. 행여나 CPR 같은 응급 상황으로 인턴 여럿이 한 환자에 묶여버리면 마치 교통사고가 난 꽉 막힌 고속도로처럼 병원의 모든 의료 행위가 지체되고 만다. 병목 현상도 이런 병목 현상이 없다. 그러니 환자들은 아프고 서럽고 불만이 쌓일 수밖에 없고, 이를 커버하는 간호사들도 힘들고 상처받을 수밖에 없다.

○

한숨도 못 자고 미친 듯이 울려대는 콜 폰을 쥔 채, 병원 여기저기를 뛰어다니는 어린 의사들도 불쌍하긴 매한가지다. 목숨이 오가는 급박하고 위험한 상황이 폭탄처럼 터지고, 응급실에 환자가 밀려들어 올 때 환자의 아우성에 일일이 응답하기가 실제로 어려운 것이 사실이다. 병원에 입원한 환자에게 놔 줄 진통제가 잔뜩 준비되어 있는데, 아이러니하게도 환자는 아픈 걸 억지로 참아야 하는 상황에 놓이기도 한다. 몹시 안타까운 상황이다. 그 와중에 온갖 감정노동에 시달려야 하는 간호사들도 안타깝고, 제대로 배우기보다 값싼 인력으로 청춘을 바치는 어린 의사들도 안타깝다. 이 꽉 막힌 문제들을 우리는 어떻게 해결할 수 있을까? 입원실에 누워 수술보다는 이런 상황에 더욱 가슴이 갑갑한 오후였다.

○

벌써
1년

'2022.11.6.' 다친 지 딱 1년이 되는 날이다. 왠지 인생에서 기념(?) 아닌 기억해야 할 날짜가 하루 더 늘어난 기분이다. 막상 그 날이 되니 생각보다 덤덤하다. 30여 년간 두 눈으로 살아온 세월을 뒤로 하고, 한쪽 눈으로 쌓아갈 삶들이 차곡차곡 앞에 남았다. 최근에 알게 되어 인연을 맺게 된 '수현'이라는 친구가 있다. 수현이는 SNS에서 내 글을 읽고 연락을 해온 친구인데, 역시 눈을 다친 친구이다. 우리는 여러 이야기를 나누다 그가 눈을 다친 지 4년째 되는 날 처음 만났다. 수현이는 내가 다치고 복귀하며 SNS에 쓴 글을 읽고 본인이 느낀 감정과 무척 비슷하다는 생각이 들었다고 했다. 우리는 그렇게 운명적으로 서로를 알게 되었다.

수현이는 심장 공부가 재미있어 간호사가 된 친구였다. 심근경색이나 협심증처럼 심장 혈관이 막혀 생기는 응급 상황에서 조영술을 통해 심장 혈관을 뚫어주는 '인터벤션intervention' 분야 전문 간호사로 일하고 있었다. 4년 전 그날 새벽에도 심근경색 환자가 발생했다는 콜을 받고 응급 시술에 나갔고, 덕분에 환자가 살아나는 기적이 있었지만, 시술을 마치고 피곤한 몸으로 시술대를 정리하다가 납안경을 낀 눈을 차폐막에 부딪히는 사고가 나 시력을 잃었다고 했다.

수현이는 내게 다친 지 '1년 되는 날'이 기분이 참 이상했다고 언니도 그럴 거 같아서 연락해주고 싶었다고 했다. 나는 비슷한 경험을 먼저 겪어온 수현이를 통해서 많은 것을 알 수 있었다. 내가 왜 자꾸 왼쪽 어깨를 세게 부딪치는지(왼쪽 시력을 잃으며 시야가 좁아져 그랬던 것인데, 수현이가 말해주기 전까지 나는 그저 내가 부주의한 줄로만 알았다), 왜 기존 관계에서 말로 설명할 수 없는 서운함을 느꼈었는지, 그리고 왜 이따금씩 어찌할 수 없는 깊은 무력감에 무너질 수밖에 없는 것인지 등.

똑같이 눈을 다치는 사고로 시력을 잃었지만, 우리는 여러모로 다른 점도 있었다. 수현이는 안구 깊은 쪽의 신경을 다쳐 시력을 잃었기에 안구 모양이 온전했고, 위축도 없었다. 안구가 기능을 잃으며 혼탁이 오면 의안보다 얇은 '홍채 렌즈iris lens'*를 선택하게 된다. 겉으로 보기에 미용적으로 거의 똑같이 보였다. 하지만 원인을 알 수 없이 반대쪽 눈의 시력도 0.1 정도로 떨어져 교정이 불가능한 약시amblyopia** 판정을 받았다. 그래서 수현이는 작은 글씨를 봐야 할 때 핸드폰 카메라로 글자 부분을 촬영해 확대해서 읽곤 했다.

그렇게 우리는 서로가 부럽고 또 대단해 보였다. 나는 겉으로 동일해 보이는 수현이의 양쪽 안구 모양이 부러웠고, 수현이는 온전히 유지되고 있는 나의 남은 쪽 시력이 부럽다고 했다. 우리는 서로에게서 과거의 자신을 발견하기도 하고, 현재의 자신을 꺼내 서로를 위로하기도 했다. 수현이는 다친 이후 힘든 시간을 보낼 때, 본인처럼 몸이 불편한 친구를 통해 큰 위로를 받았다고 했다. 나도 수현이라는 친구를 알게 되며 아픔을 공유하는 과정에서 느끼는 특별한 공감과 위로 덕분에 많은 부분 치유가 되었다. 휴머니즘이란, 어쩌면 이런 것이 아닐까. 아픔을 숨기지 않고 나누는 저마다의 고통과 시행착오, 그리고 그 과정에서 오가는 따뜻한 위로 말이다. 그렇게 따뜻한 수

○

* 각막의 혼탁 및 반흔이 있는 경우에 이를 가리기 위한 목적으로 사용하는 렌즈이다.
** 육안으로 보았을 때 눈에 아무런 이상이 없는데도 시력장애가 있거나, 안과적 검사상 특별한 이상을 발견할 수 없는데도 교정시력(안경이나 콘택트렌즈 등으로 교정한 시력)이 잘 나오지 않는 상태를 뜻한다.

현이의 연락을 통해 위로를 받은 나는 어느덧 쌀쌀해진 11월의 저녁, 1년 전의 그날을 회상하며 자취방으로 터벅터벅 걸어 귀가했다.

1년 전, 저 컴컴한 병원 건물 병실 한 칸에서 온갖 감정을 오롯이 감당했다. 몸에 걸친 얇은 환자복과 팔을 칭칭 감은 수액줄이 죄수복과 수갑이 되어 나를 가두고 짓눌렀다. 창문 너머 코앞에 보이던 5분 거리의 자취방은, 안개 속에 갇힌 도저히 도달할 수 없는 공간 같았다. 지금 서있는 병원 밖 삶도 치열하긴 매 한가지지만, 작년 병실 안에서의 삶과 비교하면 행복한 삶임에 틀림없다.

1년 간 안팎으로 참 고생하며 생존하고 성장해왔다. 혼자 힘으로는 해낼 수 없었을 것임을 기억하며, 당시의 간절함과 감사함을 잊지 말자고 다짐한다. 1년 전의 오늘도 이렇게 추웠던가. 여전히 병원에서 고군분투 중인 모든 아픈 존재들이 보다 따뜻하게 오늘 하루를 마무리하고 힘을 내길 바랐다.

빙글빙글 도는
회전목마에서 뛰어내리다

    사고로 실려온 후 벌써 두 번째 휴직이었다. 반복되는 돌발 상황에 나는 지쳐가고 있었다. 쉬는 것에 익숙하지 않은 인간인데다, 아직 청춘이라 스스로를 생각하고 있는 나로서는 쉰다는 결정이 무섭고 어색하기만 했다. 모두가 쉬어야 한다고 나를 생각해 말해주었지만 쉰다는 것은 그리 쉬운 결정이 아니었다. 하지만 이제는 인정하는 것 이외에는 방법이 없었다. 이번에는 두 달 이상 충분히 회복될 때까지 쉬어가겠다고 어렵게 마음을 먹었다.

    며칠 동안 고민을 정리한 후, 내시경실 교수님과 동료들에게 회복될 때까지 길게 휴직하겠다는 이야기를 꺼냈다. 말씀을 드리고 자리로 돌아와 내시경실 내 자리에 털썩 앉았는데 이비인후과 수술에 보조 집도의로 들어간 동기로부터 연락이 왔다. 혹시 원한다면 수술 당시 비내시경으로 촬영한 영상을 보내주겠다고 했다. 나는 보고싶다고, 고맙다고 말한 뒤 얼마 후 동기가 보내온 수술 동영상을 클릭해 열어 보았다.

마취가 된 채 누워있는 나의 잠든 얼굴이 보였고, 이내기다란 내시경 기구가 코 안으로 들어갔다. 마치 유체이탈을 해서 잠든 내 모습을 위에서 쳐다보고 있는 것 같았다. 비내시경이 비추고 있는 화면에는 시뻘건 피가 난무했다. 코털을 헤치고 들어가 코점막을 칼로 찢은 후 드릴로 뼈를 부수니 안구 안쪽과 코뼈 사이에 들어 있던 금속 임플란트가 노출됐다.

이내 금속 플레이트를 드릴로 뚫어 길이가 5cm는 넘어 보이는 관을 구멍으로 밀어넣는 모습을 자세히 보는데, 그 영상을 보고 있는 나를 본 내시경실 간호사 선생님이 "선생님, 왜 이걸 보고 있어요. 보지 마요~"라며 손사래를 치며 말린다. "괜찮아요. 알아야죠." 나는 모든 것을 알고 싶었다. 내 몸에서 일어난 일과 내 마음속에서 일어나고 있는 일 모두를 낱낱이 분해하고 해체해야 안정할 수 있을 것 같았다. 그렇게 전부 알아내야, 그 다음 계획을 할 수 있을 것 같았다. 알지 못하고서는, 한 발짝도 내디딜 수 없을 것 같았다. 나는 나에 대해서, 내 몸에 대해서 모르는 것이 너무 많았다.

다친 후 오롯이 복귀를 위해 달려오던 어느 순간부터 나는, 빙글빙글 도는 회전목마 위에 올라탄 기분이었다. 어디론가 바삐 움직이지만 실제로는 한 발짝도 나아가지 못하는 회전목마. 주변 풍경이 휙휙 바뀔 정도로 빠르게 움직이는데, 나는 계속 제자리로 돌아오곤 했다. 갑자기 닥친 사고와 상관없이 시간은 빠르게 흘러가고, 그 흐름에 맞춰 앞으로 뛰어나가려고 하면 몸이 안 좋아지는 타이밍은 매번 나를 주저 앉혔다. 1년 가까이 이런 과정이 반복되면서 지금 나는 어디로 향하고 있는지 방향조차 알 수 없어 온통 어지럽기만 한 요즘이었다.

내려야 할 타이밍이었다. 언제 본연의 역할로 다시 올라탈 수 있을지 모르지만 일단은 멈춰서 생각을 해보기로 했다. 내게 중요한 것이 무엇인지 그리고 내가 할 수 있는 것이 무엇인지 우선 순위를 정하고 몸과 마음이 충분히 회복되면 돌아가기로 했다. 회전목마처럼 빙글빙글 돌아가는 대학병원의 의료현장에 나의 역할이 있다고 생각했지만, 상황이 여의치 않다면 다른 길을 찾아야 할 수도 있겠다는 생각을 하며 홀연히 내려오기로 했다. 충분히 회복한 상태에서 흔들리지 않고 앞을 볼 수 있다면 내가 할 수 있는 것들이 더 명확하게 보일 거라고 믿으면서.

바로 잡으려는
용기

의안을 맞춘 지 4개월 차가 되니 일상에 어느 정도 익숙해졌다. 내가 착용한 의안은 가로 세로 약 3cm에 두께는 약 0.7cm 정도의 딱딱하고 반들거리는 재질로 무게는 약 3g 정도 되었다. 의안은 실리콘이나 PMMA(Polymethyl methacrylate) 등 재질에 따라 가격이 다소 달라지는데 처음 경험하는 사람일수록 착용감에 차이를 느낄 수 있다고 하여 엄마의 바람에 따라 가장 비싼 재질의 의안으로 선택했다(익숙해지면 어떤 재질을 해도 크게 불편하지 않다고 한다).

내 눈에 맞춤형으로 제작된 의안은 위축된 안구 위쪽에 덮어 씌워져 부피감을 유지해야 하기 때문에 두께가 꽤 두꺼운 편이었다. 그래서 일반적인 하드렌즈처럼 눈 위에 떨어뜨려 부착하는 방식이 아니라, 의안의 튀어나

○

온 한쪽 모서리부터 시작해 눈 앞쪽에 맞춰 구겨 넣는 식으로 힘을 주어 집어넣어야 했다. 그리고 뺄 때도 의안을 압착하는 뽁뽁이가 없으면 강제로 빼는 것이 불가능했다. 처음 의안을 착용할 때는 아주 진을 뺐지만 점차 익숙해지면서 쉽게 넣고 뺄 수 있었고, 의안을 끼고 있는 시간도 늘려갈 수 있었다. 그리고 어느 순간부터는 의안을 끼고 눈 화장도 할 수 있게 되었다.

의안은 아침에 일어나면 씻어서 착용한 뒤, 잠들기 전에 빼 씻어서 물에 담가 보관해두면 끝이었다. 의안사 선생님도 의안을 잘 씻어 보관하는 것만 주의하고 익숙해지면 오래 끼는 것도 가능하다고 말씀해주셨다. 오히려 본인 눈처럼 편안해져서 의안을 끼고 있다는 사실도 까먹을 정도로 적응이 되어야 한다고 하셨다.

적응 후 익숙해지는 과정을 겪다보니 얼굴 형태도 의안에 맞춰 점차 자연스러워 지는 것 같았다. 보는 사람들은 어느 쪽 눈이 다친 눈인지 못 알아보겠다고 했고, 교수님은 오히려 의안 낀 눈이 더 크고 예쁘다고 하셔서 나는 반대쪽 눈을 더 크게 뜨고 다니겠다고 우스갯소리로 말하곤 했다. 유튜브 채널에 적힌 메일로 의안을 맞출까 고민이라는 20대 초등학교 선생님의 문의를 받은 적이 있는데, 나는 자신 있게 의안을 낀 내 얼굴 사진을 보내주며 적극적으로 의안을 권유하기도 했다.

그러던 어느 날, 12월 초 의사회의 1박 2일 워크숍을 갑자기 따라 가게 된 날이었다. 계획된 일정이 아닌지라 깜빡하고 의안을 빼는 뽁뽁이를 챙겨가지 못했다. 하루 쯤은 괜찮겠지 싶어 워크숍 장소에서 의안을 끼고 잠들었고, 기분 좋게 술도 한잔했다. 다음날, 눈에 약간의 건조함을 느꼈으나 큰 불편함은 없어서 이정도로 오래 껴도 괜찮구나 하는 생각이 들었다. 그리고 그날도 하루 종일 일정을 수행하느라 바빴던 나는 또 피곤해 의안을 빼지 못하고 지쳐 쓰러져 잠들었다.

그렇게 또 하루가 지난 아침, 나는 심한 안구 통증과 두통으로 잠에서 깨 허겁지겁 의안을 빼고 거울을 보았다. 눈은 심하게 충혈되어 있었고, 냄새도 나고 있었다. 덜컥 겁이 났다. 일반적으로 의안을 처음 끼게 되면 눈곱이나 충혈이 생기는 것은 자연스러운 반응이라고, 시간이 지나면서 익숙해진다는 설명을 듣긴 했지만 나의 경우에는 애초에 안와 골절 수술 이후 감염 부작용이 있는 상태였기 때문에 눈에 생기는 염증이 의안으로 인한 일시적인 반응인지, 아니면 안구 안쪽에 고인 고름과 감염이 심해진 것인지 알 수 없었다.

○

왜 또 방심했을까. 앞으로 달려나가고 싶은 의욕과 이를 용납해주지 않는 육체가 서로를 잡아끄는 팽팽한 줄다리기 싸움을 하고 있었다. 그러다가 나라는 존재 안에서 벌어지는 치열한 고군분투가 버거워 엉엉 울어버렸다. 갑자기 인생에 닥친 이 모든 상황을 그 흔한 원망 하나 없이 삼켜냈는데, 자꾸만 앞을 가리는 문제들을 어떻게 감내해야 할지 도통 알 수가 없었다.

원래 인간의 심리가 줬다 뺐으면 불안과 갈망이 증폭된다고 했던가. 의안 낀 내 모습에 어렵사리 적응했는데, 의안마저 못 끼게 된다면 정말 절망적일 것 같았다. 쉬면서 많은 것들이 좋아졌다 생각했고, 12월 중후반부로 (아마도 마지막일) 세 번째 복귀를 계획하고 있던 시기라 더 견디기 힘들었다. 방법은 하나였다. 정면으로 피하고 싶었던 현실을 다시 바라보기로 한다. 결핍을 있는 그대로 들여다보지 않고, 자꾸 쉬운 대체재로 채우려다 보면 결국엔 부작용이 남고 문제를 해결할 수 있는 적기를 놓친다. 문제가 생긴 지 시간은 좀 지났지만, 외래 진료를 보고 CT도 찍었다. 다행히 내부적으로 수술 부위 감염이 심해지거나 더 큰 악화 소견은 보이지 않는다고 했다. 그래서 다시 한번 짧은 시간부터 의안 끼는 것에 적응해보기로 했다. 그리고 다음번에 똑같은 일이 생기면, 좀 더 기민하게 대처하기로 다짐했다. 문제는 언제든 생길 수 있다. 중요한 것은 문제가 생긴 것을 알고 난 뒤, 마주하는 것이 두려워 외면하지 않는 것이다. 그리고 더 중요한 것은, 바로잡으려는 용기를 내는 일이다.

○

그럼에도 최선을 다해
맞서기 위한 노력

항생제와 관삽입술 등 다양한 치료 노력에도 불구하고 안구 주변의 감염은 자꾸 재발했다. 그 결과 그토록 피하고 싶었던 임플란트 교체술을 받게 되었다. 기존 임플란트를 교체하는 큰 수술에 눈은 떠지지 않을 정도로 통통 부었고, 몹시 고통스러웠으며 나는 지쳐있었다. 그런데 얼마 지나지 않아 외래 진료에서 또다시 새로운 수술 일정을 잡게 되었다. 예상한 일이었다. 퇴원한 지 얼마 안 되어 눈물이 줄줄 흐르는 현상이 발생했기 때문이다. '눈물길이 막혔구나.' 예상은 했지만 받아들이는 것은 다른 문제였다. 이제 일곱 번째 전신마취 수술이 될 터였다. '이번이 마지막일 줄 알았는데……' 낮게 중얼거리다 함부로 '마지막'이라는 얘기를 하면 안 되는구나 하고 깨달는 나다.

사실 최근 수술 후 몸도, 마음도 지쳐버려 침대에 늘어져있었다. 약을 바르려고 일어나 거울을 볼 때마다 부은 얼굴과 새로 난 흉터로 인해 어떤 미소도 짓기 힘들었고, 감각까지 느낄 수 없었다. 청룡처럼 앞으로 또 높이 나아갈 거라 기대한 새해가 뜻대로 되지 않아 실망스러웠다. 그러나 나는 알고 있었다. 이건 지난한 회복 과정의 일부일 뿐이라는 것을. 아직 끝나지 않았고, 그리고 난 그것을 인정해야 된다는 것을 말이다. 좌절과 딛고 일어섬을 1년 넘게 반복하며 나는 나도 모르게 굳은살이 생겼다.

나는 나를 망가지게 둘 수는 없었다. 매일 2시간씩 고압산소치료Hyperbaric oxygen therapy*를 받기 시작했다. 감염 때문에 수술과 항생제 치료를 병행하며 보조요법으로 더 한 것인데 개인적으로는 효과가 있는 듯했다. 떠지지 않던 눈이 떠지고 부기가 빠지는 걸 경험하면서 역시 할 수 있는 영역에서 최선을 다 하는 것이 맞구나라는 생각을 했다. 주말과 휴일에도 지역 주민 진료를 위해 문을 여는 응

○

* 일상적인 대기의 압력(1기압)보다 두 배 이상의 고압 조건을 만든 챔버 안에서 100%에 가까운 고농도 산소를 흡입함으로써, 인체 내 산소량을 평소의 10배 이상 높이고 염증이나 말초 조직의 회복, 산소 부족으로 발생하는 질병의 치료 효과를 보이는 치료법이다. 우리나라에서는 잠수병, 일산화탄소 중독, 돌발성난청, 화상 치료 등에서 주로 사용된다.

급의학과 365 primary clinic* 의원 덕분에 설 연휴에도 치료를 받을 수 있었다. 고압산소치료를 받으러 갈 때, 내가 해야 할 일은 딱 한 가지다. 오늘 볼 넷플릭스 작품을 고르는 것. OTT를 즐기지 않아 익숙하지 않던 나로서는 꽤 유익하고, 신기한 영역이었다.

넷플릭스는 나의 치료 파트너였다. 함께 시간을 보내주고, 고통에서 약간이라도 나를 떨어뜨려 주었다. 오늘의 픽은 영화 〈그린 북〉. 인종차별에 관한 이야기였는데, 거대한 차별 앞에 품위 있는 모습으로 당당히 마주 선 주인공의 모습은 진짜 강한 것이 무엇인지, 약자의 위치에서 자신을 가장 잘 지킬 수 있는 방법이 무엇인지 보여주고 있었다. 최근 정부의 일방적 의대 증원 발표와 업무개시명령, 집단행동 교사 처벌, 단체 해산, 경찰 배치 등의 폭력적인 태도에 분노하던 참이었는데 우리의 태도와 나의 역할에 대해 다시 한번 고민하는 계기가 됐다.

가치관의 혼란과 내적 갈등을 견디기 어려울 때면 나는 생각을 지우기 위해 산소 챔버로 들어가 외부 세계와 나를 단절시켰다. 매일 수심 14~16m의 압력과 맞먹는 대기 2.4기압의 압력을 견딜 수 있었던 것은 현실 세계의 압박을 견디는 것보다 그나마 덜 고통스러웠기 때문이다.

---

* 365일 야간까지 문을 여는 지역 응급의료 1차 의원 모델.

현실은 가끔 잔혹하리만큼 야멸차다. 이미 벌어진 것이니, 그저 받아들이라고 강요하고 또 그것을 이겨내지 못하면 자존감 추락 같은 상처도 남는다. 내가 처한 이 현실은 앞으로 벌어질 수많은 현실 중 하나일까? 얼마나 더 큰 게 남은 걸까? 이건 그저 시작에 불과하다고 누가 말이라도 해준다면 더 쉽게 이길 수도 있을 것 같다. 이 정도는 아직 초급단계라고. 그러니 앓는 소리 말라고. 이런저런 생각을 하며 압력을 기꺼이 버티고 치료실을 나왔다. 그래도 어제보다는 좀 더 나아진 현실 세계로.

○

끝내 포기하지
않았던 마무리,
그리고 다시 환자

2년간의 소화기내과 펠로우 수련 과정이 끝이 났다. 얼굴뼈가 박살나고 한쪽 눈을 실명하는 사고를 겪고도 끝내 포기하지 않았던 힘겹고 지난한 과정이었다. 여섯 번이나 반복된 전신마취 수술과 세 번의 치열한 복귀, 두 번의 거절 끝에 장애인으로 비로소 승인을 받은 시간들이 파노라마처럼 흘러갔다.

생각해보면 참 고집스럽고 독한 과정이었다. 1년간 동고동락한 동기들을 먼저 보내고, 홀로 2년 차로 남아 후배들과 1년을 보냈다. 중간에 포기하지 않고 선택에 책임지며, 끝까지 마무리하는 모습이 나라는 사람의 정체성이었다. 마지막이 어떨지 마음속으로 백 번도 넘게 그렸다. 생각만 해도 뭉클하고 감동적일 것 같았다. 다치고 치료

받는 동안 큰 은혜를 입은 교수님들께 어떻게 감사의 인사를 남길지도 수십 번 넘게 생각했다. 하지만 웬걸. 과정이 끝나기 채 한 달도 남지 않은 2024년 2월 6일, 정부의 갑작스런 2천 명 의대 증원 발표가 있었고, 이어서 전공의들이 단체로 사직하며 병원은 풍비박산이 났다. 교수님들은 당직 체계에 돌입했고, 추가 수술을 받고 병가 휴직 중이던 나는 고민 끝에 수련 종료일까지 얼마 남지 않은 기간이지만 손을 보태고자 병원으로 돌아갔다.

주변에서는 너 하나 더해진다고 바뀌는 건 없다고 했지만 뭐라도 하고 싶은 마음이었다. 병원 밖에서 엉망인 병원 상황을 지켜보는 건 너무 슬프고 무기력했기 때문이다. 돌이켜보면 운명인가 싶을 정도로 참 아이러니한 과정을 겪고 있었다. 2020년 전공의 시절의 나는 의사 파업을 지휘하며 병원을 나왔고, 2년 뒤 한쪽 눈을 잃고 환자가 되었으며, 다시 2년 뒤 2024년에는 전문의가 되어 전공의들이 떠난 병원을 지키러 돌아갔다. 경험한 것들이 많아지면서 가치관도, 상황을 바라보는 시각도 다면적으로 보려 노력한 결과다.

○

힘들게 버텨낸 과정의 끝이 지금과 같은 혼돈 속에 마무리가 되는 것이 못내 아쉽고 서글펐다. 이제 어디로 갈 예정이냐는 질문에 "전 수술방으로 갑니다"라고 답했다. 그렇다. 나는 이 불안한 시기에 일곱 번째 전신마취 수술을 앞두고 있었다. 고통과 회복 과정을 또 겪어나가야 할 터였다. 주변에서 이런 말이 들렸다. 너는 어쩜 매번 철썩거리는 파도의 중심에 있냐고. 맞다. 나는 내내 위태롭고, 치열했으며 누구보다 열정적이었고 위험했다. 그렇기에 위기의 순간도 많았고, 마음을 다치는 일도 많았다. 하지만 그 과정들을 후회하지는 않는다. 방향을 몰라 불안했을지언정, 그 순간은 진심이었고, 최선을 다했으므로.

막상 끝에 와보니, 상당히 많은 것이 그대로다. 2년이란 시간 동안 얼마나 많은 분들이 응원과 보살핌을 주었나 떠올려본다. 건강이 우선이라며 무리한 활동을 하지 않게 배려해주시던 교수님들, 치료받는 동안 흔쾌히 일감을 나눠 도와주던 동료들, 눈이 부실까 내시경 불빛을 손으로 막아주던 간호사 선생님들까지. 이들을 전쟁터 같은 병원에 두고 가려니 마음 한켠이 허전하고 왠지 미안하다. 이제 당분간, 내가 할 역할은 다시 환자다. 솔직히, 언제 다시 의사 가운을 입을 수 있을지 모른다. 그래서 지금 주어진 역할에 최선을 다해 임하려고 한다. 그러다보면 건강한 방향을 찾을 수 있으리라 믿는다.

파도는 나를 또 어딘가로 데려다 놓을 것이다. 그 위에서 중심을 잡고 또 때로는 허우적거리는 건 그때의 내가 견뎌내야 할 몫이다. 병원은 여전히 바쁘고, 눈부시며 생과 사가 교차한다. 누군가는 새 생명을 얻고 누군가는 빛

○

을 잃는다. 그 전선에 내가 있다. 그리고 환자가 있다. 마음을 다잡고 건강한 모습으로 복귀하겠노라고, 의사로 최선을 다해 빛을 가져다주겠노라고 다짐하며 인사를 건넨다.

○

우리가 있으니 걱정 말고
하고 싶은 것 다 해봐요

2년간의 임상강사 수련 기간이 끝나자 고민에 빠졌다. 대개 내과 레지던트 수련 과정을 거쳐 전문의를 따고 나면 1차 진로 결정의 순간이 온다. 대부분 바로 개원가*로 나갈지, 세부 분과**를 정해 대학병원에서 추가로 펠로우 수련을 받을지 선택하는데 나는 '소화기내과'라는 세부 분과를 정해 전문적인 수련을 더 받기로 하고 위, 대장내시경이나 간단한 용종절제술 등을 배우는 1년 차 과

○

* '로컬'이라고 표현하기도 하며, 'OO 내과의원'이라고 되어 있는 1차 의료기관, 혹은 종합병원 등의 2차 의료기관에서 봉직의(페이닥터)로 근무하는 것을 뜻한다.
** 소화기내과, 순환기내과 등 내과 안에서도 세부적으로 나뉜 전문 분야를 뜻한다.

정을 거쳐 '내시경 세부 전문의'를 취득하는 것을 목표로 했다. 이 과정을 거치면 내시경 전문 기술을 가지고 건강검진 기관이나 종합병원 소화기내과에서 봉직의로 근무할 수도 있고, 본인 의원을 차려 개원을 할 수도 있으며, 연구와 교육에 비중을 좀 더 두는 대학병원 교수로 방향을 정할 수 있다. 다치기 전의 나는 대학병원에 남아서 학생들을 가르치고, 어려운 케이스의 환자를 보는 '대학병원 교수'가 되고 싶어 펠로우 2년 차 과정에 홀로 자진했었다.

하지만 한쪽 눈을 실명하고 나니 생각이 복잡해졌다. 대학병원 교수가 되어 '조기위암 절제' 같은 어려운 케이스를 시술하려면 오랜 시간 집중해야 하는데, 과연 한쪽 눈만으로 가능할지, 그리고 그만큼 잘할 수 있을지 고민이 됐다. 1년 차 수련만 받고 먼저 개원가로 나가 봉직의로 일하고 있던 펠로우 동기는 내 소식을 듣고 무척 안타까워했다. "네 손기술이 참 좋다고 생각했는데…… 넌 대학병원에 어울리는 사람인데……' 나 역시도 마찬가지였다. 무엇보다 일에 욕심이 있었고, 뚜렷한 목표를 갖고 펠로우 2년 차 과정을 밟고 있었으니 말이다.

○

사고 후 받아들여야 하는 현실은 달랐다. 나의 부족한 부분을 인정해야 했고, 무엇보다 환자를 위해 진로의 방향을 바꿔야 하는 선택은 불가피해 보였다. 물론 처음에는 오랜 목표를 바꿔야 한다는 생각에 미련을 버리기가 힘들었고, 이 선택이 정말 맞는 것인지, 내가 좋아하고 잘할 수 있는 일이 무엇일지 끊임없이 고민해야 했다. 오랜 고민 끝에 나는 나의 한계를 인정하고 잘할 수 있는 영역에서 최선을 다하자고 결심했다. 특정 전문분야에서 능력을 뾰족하게 깎아나가는 '스페셜리스트'보다 질환의 전반적인 상태를 점검하고 관리하는 '제너럴리스트'의 길을 걷기로 결정한 것이다.

한번 건강을 잃어보고 나니 원래대로 회복하는 것이 불가능에 가까울 정도로 어렵다는 것을 깨달은 나는 '건강 검진'에 대한 중요성을 누구보다 더 잘 알게 됐다. 국가 암 검진 중 위암, 대장암 내시경 검사를 하는 소화기내과 분과를 선택하게 된 이유도 질병이 커지기 전에 미리 조치하고 예방할 수 있는 부분이 매력적이어서였다. 대학병원에서 펠로우 2년 차 수련까지 마쳤으니 검진 내시경은 누구보다 자신 있었다. 하지만 내가 자신이 있다고 하는 것과, 나를 믿고 고용하는 것은 또 다른 문제였다. 시각장애인이라는 사실 때문에 열심히 갈고 닦아온 실력을 보지도 않고 고용을 거절하지는 않을지 겁이 났다. 동료들은 그렇지 않을 거라며 용기를 북돋아 주었지만, 편견의 벽은 미세하게 존재하기에 매일 걱정으로 감정이 요동쳤다.

하지만 걱정과는 다르게 새롭게 근무하게 된 병원의 대표 원장님은 내가 장애인이라는 사실을 전혀 신경 쓰지 않으셨다. 보통의 면접처럼 만나 나에 대해 소개하고, 사전에 내시경 실력을 검증하는 과정도 거쳤다. 면접을 보던 날, 장애가 있다는 이야기를 꺼내는 것이 참 긴장되고 어려웠다. 하지만 소심하게 꺼낸 목소리가 무색할 정도로, 원장님은 껄껄 웃으시며 대수롭지 않다는 듯 말씀하셨다. "이미 SNS나 블로그, 기사를 통해서 상황은 대략 알고 있어요. 혹시 갑작스레 건강에 문제가 생기더라도 여기 소화기내과 의사가 많으니까 백업도 문제 없어요. 걱정 말고 선생님 하고 싶은 거 다 해봐요."

눈물이 핑 돌았다. 사실 내시경 스킬이나 진료 능력에는 문제가 없다고 자신했지만, 나를 고용하는 입장에서는 '장애'라는 핸디캡을 한 번 더 고려하게 되는 건 어쩔 수 없다고 생각했기 때문이다. 아무리 실력에 대한 확신을 주더라도 나라는 사람에 대해 알려고 하지 않으면 어쩌나, 미리 편견으로 거부당하면 어쩌나 꽤 걱정했는데 이렇게 아무 편견 없이 나를 채용하겠다고 결정을 내리고, 또 추후 건강문제로 추가적인 수술을 받아야 하는 상황도 배려해주겠다는 분을 만나니 정말 감사한 마음이 들었다. 새로이 만나게 된 내시경실 간호사 선생님들도 적응하느라 긴장한 나를 배려해주셨고, 덕분에 의사로서 또 사회의 일원으로서도 자신감을 가지고 내 역할을 다

할 수 있게 되었다.

나는 좋은 분들을 만나 내 자리를 찾을 수 있게 되었지만, 반면 미리 우려했던 것처럼 정당한 기회조차 주어지지 않고, 편견에 거부당하는 분들은 어떨까 생각해봤다. 장애의 정도도 천차만별이니, 거부의 형태도 그러할 것이다. 선천적, 후천적으로 애초에 고용의 기회조차 주어지지 않거나 오랜 시간 몸담았던 근로 현장으로 복귀가 어려울 정도로 장애를 입은 분들은 얼마나 답답하고 막막할지, 생각만 해도 마음이 고통스러웠다.

낙마 사고로 응급실에 실려온 초기에 앞으로 내시경 업무를 할 수 없을 거라고 좌절하던 시기가 있었다. 무엇이든 자신이 없고, 사회에 나가서 그 전처럼 당당하게, 아무 일 없었던 것처럼 일할 수 없을 것 같다는 생각이 들었다. 다친 몸 상태보다 앞으로 어떻게 살아가야 할지 알 수 없어 심적으로 더 고통스러웠던 시간이었다. 그런데 나는 다시 나의 자리로 돌아왔다. 길고 긴 터널을 걷고, 기고, 또 멈춰 서 한참을 울도 다시 걷고 기어 여기까지 왔다.

나처럼 긴 터널을 지나고 계신 분들이 있을 것이다. 가족과 동료, 그리고 스승님들이 가장 취약하던 시절 내게 큰 울타리가 되어 주셨듯 우리 사회가 이런 울타리 역할을 해줄 수 있으면 좋겠다는 생각이 들었다. 혼자 걷기에 회복의 여정은 너무 길고 너무 외롭다. 그렇기에 제대로 된 복지와 제도가 함께 이 고통을 나눠준다면 몸과 마음의 회복을 더 앞당길 수 있고 원래의 자리로, 또 새로운 쓰임이 있는 곳으로 가는 경우도 많아질 것이다.

　사고 난 지 1년 6개월 정도가 지났다. 가끔 체력적으로 힘들 때도 있지만 마음이 너무 앞서가려고 할 때마다 지금의 삶에 대한 감사함을 잃지 않으려고 한다. 내가 이 자리에 있을 수 있기까지 많은 분들의 도움이 있었던 것을 잊지 않고 보답하기 위해 오늘도 나는 열심히 살아가려 한다. 그것이 나의 본분이며, 보답하는 길이라 생각하기 때문이다. 환자를 위해 더욱 실력을 갈고닦고, 좋은 의사가 되기 위해 앞으로도 최선을 다할 것이다. 그리고 장애인에 대한 고용 편견을 없애기 위해 다방면으로 애써볼 생각이다. 장애인이라서 미숙하거나 안 될 거라는 편견을 완전히 없애지는 못하겠지만 '장애인이어도 괜찮다'는 인식을 널리 알리기 위해 나의 위치에서 최선을 다해보는 것을 시작으로 의사 인생 챕터 2를 채우고자 한다.

○　　나는 살아있고 여전히 의사로 활동하고 있다. 나는 의사, 서연주이다.

마치며

2022년 11월 6일, 한쪽 눈을 잃는 큰 사고를 계기로 제 인생에 예측하지 못한 시련이 시작되었습니다. 5년 간 의사로 일했던 병원에 환자가 되어 실려 오던 그 순간은 마치 영화의 슬로우 모션처럼 아직도 기억 속에 남아있습니다. 난생 처음 탄 구급차의 급박한 사이렌 소리, 들것에 실려 옮겨질 때 덜컹거리던 충격, 응급실 앞 동료 의사들의 참담한 표정, 피로 물든 옷의 감촉. 하지만 잠깐의 멈춤 이후 회복하고 나아가는 시간들은 마치 빨리 감기를 한 것처럼 정신없이 느껴집니다.

돌이켜보니 참 눈물겹도록 치열했습니다. 환자는 처음이었기에 실수도 하고 스스로의 몸을 망치기도 했습니다. 앞으로 잘 나아가고 있다고 생각하는 순간 돌부리에

채여 넘어지기도 하고, 몸을 도대체 어떻게 해야 할지 모르겠어서 답답한 순간도 많았습니다. 1년이 넘는 시간 동안 저는 불안하고, 외롭고, 두려웠습니다. 건강을 다시 회복하고 직장과 사회로 돌아가려 애쓰는 그 모든 과정이 절박하고 다급했습니다.

치료의 고비를 넘을 때마다 다음 단계로 넘어가는 과정은 온통 불안하고 두려웠습니다. 나아가려고 하면 자꾸 발목을 잡는 건강 상태가 야속했고, 살 만하다 싶으면 닥쳐오는 시련이 무서웠습니다. 너무 두렵고 고통스러워 극복하기를 포기하고 될 대로 되라는 식으로 머물러 있기를 택하고 싶을 때도 있었습니다. 그럴 때마다 알을 깨고 나오라는 헤르만 헤세의 소설 《데미안》의 내용을 수없이 되뇌었습니다. 내게 주어진 시련의 의미를 깨닫고, 알을 깨고 나가서 새로운 세계를 받아들이려고 무던히도 애썼습니다.

의사로 일하던 병원에서 환자로 입원해 치료를 받다보니 전에는 보지 못하고 알지 못했던 많은 것들을 볼 수 있었습니다. 환자로 머무는 병원은 전혀 다른 공간이었습니다. 다치기 전에는 의료 정책의 문제를 의사 입장에서 목소리 높여 이야기했는데, 환자 입장이 되어보니 그것은 정답이 아니었습니다. 미래가 창창한 젊은 의사였던 제가 갑자기 환자가 되고, 장애를 갖고 살아가는 경험을 하게 된 데에는 분명 의미가 있을 거라 믿습니다. 그 의미를 기필코 찾아내어 저는 제 자신과 환자 그리고 대한민국 사회를 치료하는 상처받은 치유자Wounded healer가 되려고 합니다.

이것은 욕심 많고 하고 싶은 것도 많았던 제가 갑작스런 사고를 당하고도 꺾이지 않도록 따뜻한 사랑으로 감싸주신 분들 덕분에 할 수 있는 일들입니다. 특히 예민하고 뾰족하던 저를 사랑으로 지켜주신 부모님과 동생에게 미안하고 또 고맙다는 이야기를 하고 싶습니다. 매 순간 용기를 잃지 않도록 기도해주신 신부님과 수녀님 그리고 여의도성모병원과 가톨릭대학교 성빈센트병원, 서울성모병원 교수님들께도 진심으로 감사하다는 말씀 드립니다. 그리고 따뜻하고 훌륭한 동료들에게도 그동안 부족한 저와 함께해주셔서 정말 감사하다고 말씀 드리고 싶습니다. 오래 산 인생은 아니지만 제가 이런저런 일을 겪어 보니 인생의 시련이란 사람을 골라서 오는 것이 아니며, 그것이 꼭 나쁘기만 한 것도 아니었습니다. 아직도 극복해 나가는 과정이지만 저는 예측하지 못한 삶의 변화를 수용하고, 도전하고, 도약하는 과정을 통해 더 성장하리라 믿고 있습니다. 저는 이렇게 여전히 살아있고, 또 새로운 삶의 의미를 찾아냈습니다. 모든 것은 여러분들이 저와 함께 계셔준 덕분입니다.

환자와 함께하려고 의사가 되었습니다. 취약한 전공의들과 함께하려고 전공의협의회에서 목소리를 내었습니다. 그리고 이제는 사회에서 소외된 장애인들과 함께하려 합니다. 앞으로 저는 환자와 의사, 그리고 장애인과 함께하겠습니다.

오늘도 크고 작은 시련을 헤쳐 나가고 있을 많은 분들께 보잘 것 없는 저의 이야기가 1%의 희망이라도 전하는 역할이 됐다면 제 모든 상황이 의미 있는 과정이었다고 확신할 수 있을 것 같습니다. 삶이란 것이 참 고되지요. 하지만 알을 깨고 나와 맞이할 여러분들의 새로운 세계에는 그 자체로 찬란한 의미가 분명히 있습니다. 그러니 함께해보았으면 합니다. 과정에서 맞닥뜨리는 모든 감정들을 색다르게, 또 의미를 두고 따뜻하게 바라보았으면 합니다. 힘들어도 깊은 숨 한 번 푹 내쉬고 다시 나아가 보면 좋겠습니다.

제 힘이 닿을 때까지 아프고 약한 사람을 돕는 의사로, 또 친구로 여러분과 함께하고 싶습니다. 오늘도 각자의 치열한 자리에서, 다음 단계 도약을 꿈꾸는 모든 분들에게 마음 깊이 응원의 박수를 보냅니다. 언젠가 뵐 날을 고대하며. 씨 유 어게인! :)